U0136252

漢字詞文化研究

The Research for Chinese-character-words Cultures

藍世光　著

蘭臺出版社

目　錄

表次

圖次

謝　辭

　　在驚喜兼恐中，作者激情而多狀況地完成這本專書：漢字詞文化研究。驚喜的是之前帶著激情發表的六篇論文獲得七個單位的評審諸公青睞，這些論文促成本專書。感謝銘傳大學、慈濟大學、僑光科技大學、北京師範大學民俗典籍文字研究中心、香港大學教育學院中文教育研究中心、韓國漢文教育學會、韓國漢字漢文教育學會。

　　驚恐的是多狀況地寫作這本專書。嶄新的題材帶來多次對專書主題的變更，以及寫作上的諸多轉折；這要感謝論文發表研討會中提問的學者專家，及杜明德、王松木、陳智賢三位教授的指導。對學術研究的倫理、方法，與內文的多次增、刪、編等寫作過程，最要感謝鍾鎮城所長熱心又耐心地指導。感謝王萸芳教授給出英、漢對比的詳細意見，戴俊芬教授給出研究目的與問題要更切合題旨的重要意見。感謝華語文教學研究所的方麗娜教授、鄭琇仁助理教授，及其他授我課程的老師，還有學姐、學兄的協助。陳玉明老師指導我進入華語教學研究的殿堂；海內外華教學界的師長、前輩對我關懷、提攜；張瑾老師為我校稿給了意見；感謝您。

　　就用這本專書獻給父、母在天之靈吧！故妻趙修齡的病期，也是我研究學術的時機；在照顧她癌病的過程，我曾到北京發表論文，仗著兩個孩子的照顧，故妻在我返台後才離世。感謝，感謝家人心有靈犀。知心友人陳櫻美女士在我著作陷入低潮時出現，鼓勵！成就這本專書的功勞，有她該得的一份。最後要感謝發明文字的人類，以及提供紙本書籍出版機會的蘭臺出版社。

導　讀

　　跨兩世紀以來，漢字、英語交流，呈現字、詞概念的不一致是本書的背景。因此重新審視漢文字與英語詞是必要的，所以本書探討和英語詞概念一致的漢字內緣詞性，使漢字文化升級為漢字詞文化。

　　從民國 99 年 8 月到 103 年 2 月，依七個步驟蒐集資料，共得英語文本 2 筆及漢語著作 124 筆，並以是否擬聲分類抽樣的漢字 100 個作為研究字例。資料分析的重點有以下三點：一、解析漢、英語的構詞現況；二、對比英語詞之概念以定位漢語「詞」之單位；三、歸納漢字的詞性意涵。

　　發現和英語詞概念一致的漢字內緣詞性是：獨立義用獨立音、形表現，其中含獨立詞素；特徵是一塊語言型態，且詞素型可因構詞而變化；這和英語詞的唯一差別在：英語詞的特徵是一串語言型態；然而，英、漢的詞概念一致。

　　本書得到以下結論。漢字是詞文字，與英語相較，其內緣詞性的呈現在於：一、漢語的詞符號是單一漢字；二、詞的漢字現象是一詞音可內含多詞素音。因此，漢字文化順理升級為漢字詞文化，本書建議漢語構詞學之研究分析，應從漢字詞出發，從而發揚漢字詞文化。

　　第一章「跨世紀關係的改變契機」看得到：為什麼要將漢字文化升級。先從文獻及華語教學概論兩百多年來的字、詞關係。再提出擺在眼前的課題：一、英語的詞概念為何且具有何種特徵？二、和英語詞概念一致的漢字內緣詞性為何？其次從學術研究及教學實務上說明本書主題的重要性。最後解釋關鍵性語詞：詞、內緣詞性、字元、詞素/語素、

外構詞。第二章「攤開說構詞」可瞭解跨世紀以來構詞學的實情。先從語素本位、字本位、古今漢字、詞類詞性等四個面向說明跨世紀的構詞研究。再從早期趨勢、析詞法、借詞法、造詞法、分詞法、用詞法，攤說構詞法的演變和類型。最後從漢語的特殊詞類——擬聲類詞，及英語這原始文本的詞型，針對性說明構詞現象。

第三章「解決問題的方法」可讓讀者從研究架構圖和研究流程圖參照作者的說明，瞭解本書所涉子題的複雜性和彼此的關係。內容比照學術研究的格式，分成一、研究架構與流程，二、資料收集與分析等兩節。並說明本書論述時的四個技術原則：一、現象先於方法，二、漢詞依於英詞，三、少數補強多數，四、原則大於路徑。

第四章「發現漢字新大陸」讓讀者瞭解漢字詞是個全面性的新大陸：一、獨立的概念，二、形、音、義俱全展現獨立語素的內涵。先述明從漢文字、英語詞而來的發現。再討論英、漢詞概念的一致性。最後從漢字詞內、外，及構詞語法驗證這個新大陸的穩固與實用性。第五章「從漢字詞再出發」讓讀者瞭解本書的關鍵作法，及對漢字詞文化的發展期許。結論凸出詞的漢字符號及漢語的詞現象，建議從漢字詞的內、外，再研究、運用漢語詞彙。

關鍵詞：漢字、英語詞、內緣詞性、構詞、漢字詞

English   Abstract

The communication between Chinese and English characters is over 200 years. Its nonconformity in concept of Chinese characters and English words is the background of this research. Therefore it is essential to scrutinize Chinese characters and English words again. The purpose of this study is to research the internal features of lexicon in Chinese characters that keep the same with English word concept.

This is a qualitative research, which begins from August of the 99th year of the Republic of China to February of 103. Data are from two English texts, 124 Chinese written materials, and 100 classified Chinese characters according to its onomatopoeia. Data analysis includes the following three steps: first, analyzing the present word-building situation of Chinese and English; second, comparing the Chinese characters with English words in order to identify ' the word ' unit of Chinese; third, synthesizing the features of lexicon showed in Chinese characters.

Two research findings are discussed. First, the word concept of English includes that its presentation of independent meaning is the independent sound and shape, word includes the independent morpheme, characteristics are a bunch of language forms, and its morpheme form changes depending upon building word. Second, the internal feature of lexicon in Chinese characters keeps the same with English word concept, which includes its presentation of independent meaning is the independent sound and shape, word includes the independent morpheme, characteristics is a piece of language form, and the morpheme form changes depending upon building word.

In conclusion, Chinese characters are the word-characters. Comparing to English, its presentations of the internal feature of lexicon in Chinese characters are: First, the word symbol of Chinese language is a single Chinese character; Second, the Chinese character phenomenon of word is one word sound which is appropriate to bind with many morphemic sounds. The researcher then suggests that future studies in word-building of Chinese should begin its inquiry from Chinese-character-word.

Keyword: Chinese character, English word, the internal feature of lexicon, word-building, Chinese-character-word

序言

漢字文化可以說成漢字詞文化；它的載體漢字是所有使用漢字者的知識利器。因此，日本人、韓國人，其他學習使用漢字的人，都可擁有漢字詞文化的專有便利性能。雖然漢字這種表達、溝通的工具帶出的漢字文化，歷數千年不衰；但和英語接觸後，它在語言學的地位卻被人為的降了兩級！從「詞」這個單位，部分漢字被降認為只是語素，又另一部分漢字更被降認為只是表音符號而連語素都不是。

有三個腳踏車輛的命運不同：第一輛是自由車選手的駕騎，無人懷疑這是腳踏車，但給它另一個名字：自行車（自由車）。第二輛是加了一個輪胎的協力坐騎，人們喚它：協力車。第三輛只有一個輪子，人們叫它：單輪車。外觀以及功能不同，導致人們輕忽了協力車和單輪車原本「腳踏」的性質，把重心放在多人協力，及單輪的左右平衡上。使用時，人固然知道「腳踏」的必須性，但無可否認有時會分心而產生忘記腳踏的窘境。這種忘而失力的現象，在具體的物件如腳踏車，還好處理，頂多是人跌倒而已。但在抽象的符號如漢字在人口中，一旦忘而失了本具詞性的力，影響卻是深遠的！當部分漢字的詞性功能被人為廢了，復原詞力的唯一機會，要靠語文主體──人類自省，否則永劫不復！

從十九世紀到二十一世紀跨世紀的，漢字是初級文字的論述（指必向拼音文字進化），被漢字的主人有心但錯誤地強化，於是有人表態：漢字是語素文字、部分現代漢字只是表音符號！這些表態，看在擇善固執「形、音、義俱全」的人眼裡，就覺得弔詭與不協調。為什麼形、音、義俱全的漢字卻只是表音符號？它的義去哪裡了？是暫時擱旁還是棄使消失？如果是棄使消失，真叫人擔心，那些漢字的詞性、詞力永劫難

復！就算是暫時擱置，也會有漢字被矮了一截的感覺。因為，當「琵琶」只是一個獨立語素，「琵」和「琶」連語素都不是！當「琵琶」連說而習以為常，恐會忘了「琵」字、「琶」字都可獨立用於他處的本質。漢字的本質如果被錯誤地磨蝕，必是人類文化中文字內涵的損失。

不同語言文字系統的交流，趨於一致有它先天性的限制，這種限制使語文翻譯產生不可譯的天地。但當對不同語言文字的認知，導致不協調地使用，而感覺不妥當時，人們只好將不同的語言文字系統，重新交流一次，以期找到正確的異文化現象，並比對自有文化現象，為找到一致或類似的文化象徵，這樣才是交流的正途。本書提出的詞文化現象，便依循重新交流的路徑，找到正確文化現象發展。

於是做為漢字主體之一的我，對漢字與英語的接觸從頭反省。從英語的「型態」原則出發，打破表象的音流水牢，為漢字透過形、義關係，及形聲字跡，找到符合英語獨立語素的詞性、詞力。這樣，要讓漢字文化升級為漢字詞文化。對所謂音、義結合，揭示它的全性質是形、音、義結合體，而音義結合只是從「聽得到」出發的片面表態。依據形音義三缺一不可的原理，從漢字找到英語所謂獨立語素的獨立現象和獨立性質。獨立現象指和外界現象有所區隔的形、音、義；獨立性質指每個漢字可以而不一定要在每個語境表現獨立的性質。

做為漢字詞文化載體的漢字，經過諸多世代、諸多專家的努力；本書要由這基礎上，跨世紀從漢字凸出詞的性質。日用的普羅百姓對它難有動感，但這一語文事件的發軔者、引導者、創作者，會心感而激動。因為我是對漢字有新認知的漢字詞發軔者，揭櫫了每個漢字都是詞的事實；我心感：漢字單音被誤認單薄，漢字塊狀被誤認字母，漢字獨立可比擬英詞，漢字音節卻隱含多音。經過激動而理智地比對、歸納，得出漢字是詞，例如「琵」是詞，「琶」也是詞，「琵琶」是複合詞。從事

華語（漢語、國語、普通話）教學的老師，作為語言文化的引導者，心
必感：漢字這個詞不是只有筆畫數量、筆畫方向的學問，還有字元（部
件）的結構內涵、語法意義。這引導者會激動於：教漢字就是教漢詞，
除了漢字詞性的獨立，更是漢語靈活組合運用的根基。作為學習和使用
的創作者，心會感：我口所講的每個音都是有意義和功能的，因為每個
漢字詞都有獨立的內涵。他會激動於：字字之間的文化關係、字體設計
可豐富技藝、字內元件（字元、部件）能靈活生息。

　　讀者您可以為了不讓漢字漂流、徘徊而從類似王明嘉（2010）的文
字設計[1]入手，也可以像王心怡（2013）要將古代圖形文字藝術化[2]。而
可以讓你、我更加盡力為漢字打拼的持續力，也來自非華人專家的言
語：「中國文明最能標示其特質的或許就是她的文字。」（Mote F. W.，
1971。引自王立剛，譯，2009，p.8）是的，我們責無旁貸為漢字升級。
請先瞭解這本拙著如何將漢字升級到漢字詞；那麼您的作為，便是漢字
詞文化升級的極佳表現了。升級的成就感可以豐富你、我、大眾的人生，
進而為下一代厚植發展的利基。

---

[1] 王明嘉設計字母，但對文字的停滯現象表達關切。
[2] 王心怡提到：「在書法諸體中，圖形文字的象形性最強，因而更易顯現出原始造字的
　　風貌、反應古代社會生活與人文發展的景況」（p.272——後記）從圖形文字可以看
　　到漢字與文化親密連結。

第一章　跨世紀關係的改變契機

英文與漢字的關係，在學術定位上是弔詭的！「English 這個字是什麼意思？」"This Chinese character '漢' is beautiful."。把英文的詞「English」說成字，是我們的習慣；而漢字的「漢」字被用可以代表字母的「character」表示。對比這兩種情況，得到 "English" 的語言學位階等同於漢字的「漢」；但「漢」的位階卻低於 "English"，而只是其中任一字母：E 或 n 或 g 或 l 或 i 或 s 或 h。由此，從十九世紀漢語有了現代語言學意義的語法書例如《馬氏文通》（馬建忠，1898）以來，英文與漢字這種跨世紀弔詭、不協調的關係，被語句的音流掩蓋、塵封，導致人們習以為常，甚至推演出少部分漢字不是詞，而只是詞素或表音符號。因此進一步說，英文與漢字的關係，在本書指單一英語詞與單一漢字的關係。這種關係的改變契機，從「詞彙」意義的來源探討，只能是重新審視英語詞彙，並以漢字與之對比。面對已存在漢語社會跨世紀之久的英語詞彙，要改變那弔詭、不協調的關係，談何容易？

因此本書以英語詞彙、漢字作為對比對象，探討英、漢文化接觸下的漢字、語詞關係，試圖挖掘出不同類型的漢字（即擬聲類用字與非擬聲類用字）詞性。乃因「詞」既由西方語言學來，本書探詢字、詞關係，便從西方語言學的專著著手。審視西方語言學中所謂「詞」的相貌，並論漢語構詞的概況，向漢語構詞研究的不足處探討。即比照英語構詞法的原則，以揭示單一漢字內部因緣呈現的詞性。本章首先說明對字、詞關係弔詭、不協調現象的困惑，再引出當前面對的課題，然後說明本書的重要性，最後解釋關鍵語詞在本書中的意義。

第一節 字、詞關係概說

目前漢語的字、詞關係複雜，本書將它分為以下兩個面向概說：一、文獻顯示的字、詞關係；二、華語教學的字、詞關係。

一、文獻顯示的字、詞關係

在華語世界，兩千三百多年前荀子的〈正名篇〉提到單、雙音節詞語使用的問題。六書造字概念「經過許慎（約西元 58-147 年）的系統闡發，形成了第一個漢語造詞法體系」（潘文國、葉步青、韓洋，2004，14）。其後，四聲別義的手段近似於轉音構詞法、變音構詞法。而與構詞法有關的概念如雙聲、疊韻、重言、連綿字以及省文、緩言、急言等，時常出現。

潘文國、葉步青、韓洋（2004）指出，此後又有段玉裁（1735-1815）、王念孫（1744-1832）、程瑤田（1725-1814）、阮元（1764-1849）、俞樾（1821-1907）、章炳麟（1869-1936）、劉師培（1884-1919）、王國維（1877-1927）等沿襲這個傳統方法進一步研究漢語的構詞。潘文國等人雖不詳論《馬氏文通》（馬建忠，1898）以前賢哲的學說，但由上述可以得知，古代構詞法的研究，音義關係密切。而這種音義關係密切的趨向，理應在現代語言學的字、詞關係中得到更大發揮。

以下依世紀別擇取代表性的內涵：（一）、十九世紀《馬氏文通》（馬建忠，1898）的字、詞關係，（二）、二十世紀隨時間變化的字、詞關係，（三）、二十一世紀洪蘭（2002）的字、詞關係；以說明文獻顯示的著作背景。

（一）十九世紀《馬氏文通》的字、詞關係

《馬氏文通》（馬建忠，1898）作為第一部現代語言學概念的漢語語法書，功過相參。有學者（朴雲錫、陳榴，2002；高天如，1992）認為功大於過！作者認為它既描述孤立語的漢語，卻沒有文論或字論專章是其憾事！而朴雲錫、陳榴（2002，77-79）曾將普遍唯理語法、《馬氏文通》、《大韓文典》的語法體系加以對照，本著作擷取其中與字、詞、語法相關的部分，另做一表，呈現其結果成表1。

表1《馬氏文通》的「字」、「詞」用語在普遍唯理語法主要對照表

普遍唯理語法	馬氏文通的語法
（名詞）	名字
（代詞）	代字
（動詞）	動字
（形容詞）	靜字
（副詞）	狀字
（介詞）	介字
（連詞）	連字
（語氣助詞）	助字
（感嘆詞）	嘆字
（主語）	起詞

（謂語）	語詞（動詞謂語）
（謂語）	表詞（形容詞，名詞，代詞作謂語）
（賓語）	止詞
（介詞賓語）	司詞
（補語）	轉詞
（狀語）	加詞
（先行詞語）	前詞
（後行詞語）	後詞
（狀語）	狀詞

備註：依該書所述，雙方無法對應者從缺。

　　表 1 中，《馬氏文通》的「字」對應於普遍唯理語法的「詞」領域；
《馬氏文通》的「詞」對應於普遍唯理語法的語法單位，此現象是漢、
英語法論述接觸後，漢語研究學者的第一次表態。茲摘錄楊家駱（1970）
引用《馬氏文通》的資訊如下：

> 凡字：有事理可解者，曰「實字」。無解而惟以助實字之情者，
> 曰「虛字」。實字之類五，虛字之類四。……凡實字以明一切事
> 物者，曰「名字」，省曰「名」。……凡字相配而辭意已全者，
> 曰「句」。……凡以言所為語之事物者，曰「起詞」。……凡有
> 起、語兩詞而辭意未全者曰「讀」。（1-17）

　　楊家駱作註解一：「名字，通常稱『名詞』，英文爲 “Nouns” ，嚴復氏《英文漢語》譯爲『名物字』。」（3）之後又註解代字、動字、靜字、狀字、介字、連字、助字、嘆字等詞。這種以「字」對應於詞，「詞」對應於語法單位的現象，至今並沒有受到足夠的重視。所以，自然產生以下問題：《馬氏文通》是詞觀或字觀？漢語是字本位，還是詞本位、詞組本位、句本位？

　　楊芙崴（2011）主張馬氏文通是語詞中心，也有學者提出是字本位的看法，例如邵靄吉（2006）便是。唯今之計，上述還有兩點值得注意：一、《馬氏文通》被定位爲古漢語語法著作；二、它的意義標準不限於詞彙。這兩點的依據是高天如（1992）提到《馬氏文通》「是一部體系完整的古漢語語法著作。」（414）他又對馬氏的「凡字，有事理可解者，曰實字。而無解而惟以助實字之情態者，曰虛字。」進一步解說：

> 其所謂事理，顯然所依據的是詞彙意義，而「惟以助實字之情態者」，其所指無異是詞在結構中的配置作用。可見，《文通》的「意義」標準，並非單一的詞匯標準，它同樣包含了詞的語法意義，及詞在語法結構中的配置作用。這是馬氏語法觀的獨到之處。（415）

　　以上顯示馬氏的「字」已不是傳統的漢字概念而已，這樣就凸顯《馬氏文通》和現代漢語語法的緊密關係。因此難說馬氏文通只是古漢語語法的著作，雖然馬氏用文言文書寫。

（二）二十世紀隨時間變化的字、詞關係

《馬氏文通》之後，有人從古老的傳統說漢字之用，呼籲「必須挖到中國文字史裡面去」，那就是許逸之（1991）。許逸之用圖形表示中文、英文的差別（173）如圖1。

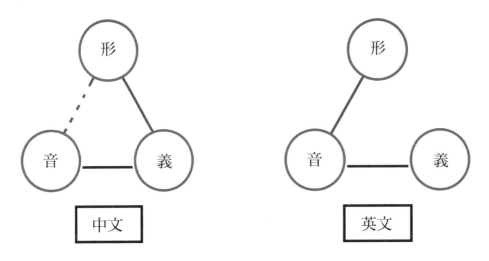

圖 1：許逸之所示的中文、英文差別圖

這般呈現簡單明瞭。許逸之（1991）提到語、文合一的趨勢，說明對語言的研究，不能棄文字於不顧。他說：「語音與語意之相連是『人定』的不是『天成』的。」（許逸之，1991，175）漢語的「人定」又表現在非象聲詞的複合詞上，如「明天」是人為的「明」加「天」而成。「中國語言中解決音少義多的問題的辦法，實際上也是採用複音詞……，只是局部採用。」（許逸之，1991，176）

備註：虛線表示，中文的形聲字不是拼音的，但是還有一些形與音相關連的成分在其中；粗線表示，中、英文字之中，音與義的聯繫最鞏固；沒有連接線的部分表示，英文的字形是拼音用的，形與音連，音再與義連。

　　許逸之（1991）認為中國語詞中複音詞有好幾種，如：疊音詞（叔叔）、加無義前詞「老三」、加無義後詞「木頭」、單義複音詞「但是」、同義複音詞「道路」。他的論述及舉例雖然不完全正確，例如那「老」字便有「第」義；但已說出了複音詞出現的主要原因（解決音少義多）與路向（派生造詞）。

　　呂叔湘（1980）指漢語本來沒有「詞」這種東西。從本來沒有的東西，經過交流百多年來，已經有了詞的語言學概念。但字、詞的關係問題還是沒有適當地解決。

（三）二十一世紀洪蘭的字、詞關係

　　洪蘭（2002）對「word」的翻譯，時而用「字」，時而用「詞」。她說：

> 在書中，你會發現有些地方我用「字」，有些地方我用「詞」，這原因是我考慮到一般讀者的習慣性，不希望讀起來拗口，所以在不違反文意的情況下，我會用一般人所習慣的「字」，但是在「詞彙」等重要的地方則用「詞」。（米勒，1996，引自洪蘭譯，2002，14）

　　於是透過洪蘭的翻譯，原作者米勒（George A. Miller，1996）對「詞」的描述就是：

> 每個字的三個特質，就像一個立體三角形的三面。每個字都是一個觀點的合成，一個口中發出的聲音，一個文法的角色。倘若一個人認得這個字，便知道這個字的意思、如何去念它，並知道可使用它的情境；他們不是獨立的三個知識，而是一體的三面。（引自洪蘭譯，2002，20）

引文中，「字」卻是「詞」。總之，洪蘭（2002）這本譯作，迸出的詞彙學新火花，便是「字」、「詞」兩字互通的表象。遊走於「字」、「詞」之間，但看得到來自原文的外來「詞」性嗎？

二、華語教學的字、詞關係

（一）漢字歸屬文字類別的現象

文字類別，是以文字特性歸類。漢字歸屬的文字類別，是華語教學最基本的事情。歷來將漢語歸屬於孤立語，對漢字的歸類，最沒有爭議的，應為方塊字。至於漢字是語素文字？表義文字？音節文字？甚至象形文字？或是詞文字？（周祖庠，2011）提者各有道理。

（二）漢字詞性的有無現象

目前對「詞」，大多認同漢字「部分非詞」的說法。這種文獻眾多，例如何永清（2005）、陸慶和（2006）認為部分漢字僅是詞素（語素、詞素互通。本文在沒牽涉到其他語境如「語素文字」或「語素義」時，使用詞素。）而非詞，甚至有不具語素義的純表音符號，例如「琵琶」的「琵」或「琶」。這種論調就在詞或句的教學中出現。

然而《爾雅》的詞條條目，有單字，有多字；多字的例如「關關……，音聲和也。」明顯是單字和另一字（相同或相異）建構而成的現象。詩經中有連綿詞，如：輾轉。竺家寧（2009）說：「連綿詞是一種很古老的聲音造詞方式」（6）。連綿詞屬於「多音單純詞」，目前學界認定「輾」、「轉」不能分訓即無詞性。然而不能分訓有它的語用條件，無關於詞性本身。綜合上述，不能分訓的多音單純詞被認為是多音的獨立語素；這

種多音近似於英語的多音語流，例如 `humor' KK['hjumə] 之於「幽默」。

（三）華語教學中語「詞」多份量被提取的現象

華語固然火熱，但當華語學習者停留在聽、說，或兩、三年學習之後，學習興致消退，華語教學界當然可以從整個教學流程，增加他的學習成就感，使他的學習興致再持續。然而，聽、說時理解語意，當然要從詞彙入手比較方便，除非對詞有疑惑，才會進一步研究該詞的意義、隱喻、結構、來源等，才可能觸及其中單字的特性，包括形、音、義。而只有讀、寫是直接而且深入地面對單一漢字；但礙於學習者口中的「難」字，漢字被情緒性地擱置一旁。如此說來，單一漢字似乎不值得特別重視；果真如此嗎？

漢語語言學既要繼承傳統，又要開創新局，對漢字的再定位會是關鍵之一嗎？如果不是，在教學時，要如何凸出每個漢字對學習者的益處呢？作者認為對漢字的再定位是關鍵之一。定位之後，再談漢語語法學的其他議題。

漢語在傳統的字法和句讀中前進。馬建忠（1898）雖然引進西式語法，也沒失了漢語中漢字該有的地位。當前專家對詞的看法，多從句而下，到字而止。這在華語教學中，趨近了拉丁語言（尤其英語）的語流習慣（句音），為學習者提供了好的學習階梯。但以一般對構詞法分類（王安、王桂芝，2013）所顯示的內容來看，也大多從多音詞探究其結構。這般極少觸及單音詞結構的研究現象，和本著作的性質絕然不同。

綜合以上概說而使作者對於「漢字等於英語字母」的說法感覺不協調；也對於有些漢字不能自由、獨立運用的說法感覺有商榷餘地；同時覺得字、詞的關係可以更明確。這三點可整理出兩種困惑：

（1）對文獻現象的困惑

　　人對英語字母有類似「豆芽菜」的描述，凸顯英語字母相較於漢字外型的渺小。雖然渺小，它還是一個個獨立的單位（字母）。也儘管眾人常說漢字等同於英語字母（character），作者卻感覺不合：

　　這種不合不在外型，而在內涵。每個獨立的英語字母除了 A 及 I 之外，都無意而只是聲音的符號，卻也不是代表音值如[ə]、[ai]等。相對的，每個獨立的單一漢字都有它獨立的形、音、義。兩者的內涵差距頗大！

（2）對「字」、「詞」在華語教學現象的困惑

　　面對「先聽說後讀寫」的現實需要，詞本位佔盡上風。著作者參考王湘雲（2011）的看法，以爲如果漢字的詞性被不當限縮，漢語言也會跟著被磨蝕。華語教學界是否需要對教學的本體內容即漢字的語言體系反思、調整而改進、創發？經由上述困惑自然產生進一步探討字、詞關係的動機；進一步說，我們確實可透過研究，試著改善字和詞概念的關係。

　　思考困惑的原因是：漢字文化輕談詞性，源於對英語詞的認知錯誤。因此要重新審視英語的詞，並用漢字重新和英語詞交流。交流可以發掘漢字的詞性，而使漢字文化升級爲漢字詞文化。

第二節 擺在眼前的課題

上述字、詞關係顯示的是單一漢字大於或等於或小於英語的詞概念。即漢字是詞且同時都是獨立詞素,大部分漢字例如「明」被認為以獨立詞素的身份成就「明」這個詞,而非如 boyhood 中兩個詞素 boy 及 hood 才成就一個詞;因此是大於英語詞的構詞的結構等級。等於指漢字例如「天」和英語的 God,都是獨立詞素成就該詞;構詞的結構等級相當。小於指兩個單字如「琵」、「琶」各被認為只是一個語素,其中任一單字被認為只是純表音符號;此時漢字的構詞的結構等級更低。而在等於的關係中,目前並未認定「日」、「月」成就「明」,以之對比於 boyhood 中兩個詞素 boy 及 hood 才成就一個詞;這種現象也值得探討。

為此,本書要:探討和英語詞概念一致的漢字內緣詞性。透過重新審視英語詞的性質,做為漢字和它對話的基礎。論述重點在於詞的本性,而非它和外界接觸的使用狀況。

坊間諸多關於詞的書籍,對詞的解釋,雖說大同小異,也頗獲共識。但是否有盲點存在呢?以往所說的「詞性」就是指「詞類」,如潘文國、葉步青、韓洋(2004)提到「採用了其他語言通常用來表示不同詞類的術語。……指出各組成部分的『詞性』來描寫一個多音詞」(29)便是。

詞的本性,或說詞的性質,它該是何種面貌與內涵呢?「詞」雖然是語言學的產物,語言學講音義結合;而這種結合便是它的型態,而型態又不限於口語型態。由此,詞的性質、本性應是相當豐富的。

因此,擺在眼前的課題有二:

一、英語的詞概念為何且具有何種特徵？

上文提到，詞有本性、性質。既然要釐清字、詞關係，就要先認清詞的性質。而先將它定位，往後的論述，才不會產生誤會。和「詞」有關的概念或單位，如詞素、聲音、意義，甚至能獨用成句等，都是詞性的必要條件嗎？詞的形、音、義如何透露完整的詞性呢？

二、和英語詞概念一致的漢字內緣詞性為何？

多數漢字已被認定為詞。少部分被歸類為「非詞」的所謂「語素」，或甚至被歸類為「非語素」的漢字，真的沒有詞素，沒有詞性，或詞性不足嗎？

如果證實每個漢字與英語的詞單位在詞的概念上具有一致性，即具有完整的詞性，那漢字是否可以稱為詞性文字？簡稱詞文字呢？

當回答第一個問題而取得英語的詞概念及其特徵，又發現和英語詞概念一致的漢字內緣詞性，即回答了第二個問題；如此而得的字、詞關係便是等於。即「明」以「日」、「月」兩個詞素成就「明」這個詞，而和 boyhood 的結構等級相當；而「琵」、「琶」各以詞的身份成就另一個詞「琵琶」，「琵」、「琶」同處於詞的位階；結構等級也等於詞。

第三節 本主題的重要性

本書的主題：漢字詞文化研究，它在學術研究、教學實務，以及文化認知上的重要性有：

一、學術研究上：

（一）再深入吸收、轉化、應用西方語言學的析詞法

從漢字而上，透過每個漢字再造的詞，例如光（亮之源）之於光（空之義），「光」之於「晃」，「光」之於「光明」，都可看到漢語語詞的鞏固基礎——每一個單一漢字。從這裡出發而有的「多音單純詞」（目前學界的分類名稱，實際並不單純）、「合成詞」、「派生詞」、「複合詞」，甚至「擬聲詞」、「象聲詞」、「連綿詞」、「外來詞」，都是它的產物，是運用每一漢字的成果，不是它的本性內涵。

反向而言，目前從句而下到字為止，是作者提出要再**深入吸收、轉化、應用西方語言學的析詞法**的背景基礎。從字再向下解析詞性，基本符合構詞法的解構原則，才沒忘記「語素是最小音、義結合體」的原則。只有再向下，才能從適當的語言單位找出那最小的音、義結合體。另一方面，所謂音義結合體和「詞」的關係，絕不是當初為了「漢語拼音」的「詞兒連寫」所能限制的情況。探究「盟」字獨立詞素的路子，當然可以從「ㄇ」、「ㄥ」、「ㄇㄥˊ」，甚至「ˊ」探查；但不能忘了從漢語的字法（象形、指事、會意、形聲）去探詢。因為字法才看得到漢語「更小」的詞性，才符合西方析詞法的原則。

因此本書吸收，轉化，應用析詞法，是為漢字和英語在析詞法中先取得地位、型態的一致性，再解釋所謂詞性。如果地位、型態不一致，則類似以往吸收，轉化，執行析詞法，有到字而止的不足。

　　進一步說，從漢字文化到漢字詞文化的升級，標誌著研究漢字就是研究漢語的詞。它在語言學的單位等級等同於詞彙單位，可爲漢語的詞彙學研究，正確定位而更加發煌。

（二）需要增加一個「看得見」的構詞法以強壯構詞體系

　　關於漢字和英語詞的對應，洪蘭（2002）譯的「每個字都是一個觀點的合成，一個口中發出的聲音，一個文法的角色。」（米勒，1996，引自洪蘭譯，2002，20）這引文內的「字」指詞。如果不管漢字形，而用字法（文法的一部份）和其前兩者搭配，並考慮漢字配合語境的使用時機，那字和詞兩者便幾乎相同了。字和詞的關係，更顯得親切。因此，徐通鏘（2008）才會提到：「著眼於語言系統的比較，漢語的字法大致相當於印歐語的詞法。」（119）

　　詞是語言學的產物，和語言的書寫符號比較沒有關係，把文字納入對詞的考慮，是否多慮？既然詞並不排斥書寫符號、書寫系統，作爲字法所在的漢字是書寫符號，也當受到該有的重視。書寫系統是看得見的形體系統，書寫符號是看得見的符號。主張形式語言學（Formal linguistics）的 Fromkin , Rodman , Hyams（引自謝富惠、洪蕙如、洪媽益譯，2011）提到手語構詞學（Sign Language Morphology）。手語作爲一種語言，具有看得見的表達詞彙的符號。

　　"Sign languages do not use sounds to express meanings. Instead, they are visual-gestural systems that use hand, body, and facial gestures as the forms used to represent words and grammatical rules[1]." （Fromkin, Rodman,

---

[1] 翻譯後的文本是：「手語是不用語音來表達意義的人類語言，相較於口語，手語是用手、臉部及身體的姿勢作爲符號來代表詞彙以及語法規則的一套視覺手勢系

Hyams；2011；300）既然可以有手語構詞學，當然也可以有文字（在這裡指漢字）構詞學。再說，英語詞書之於文字，它的系統也是「看得見」的詞彙（構詞）系統。綜合語言的書寫系統，及手語這種動態的符號語言，需要增加一個看得見的構詞體系，以回應現有拘泥於表象音、義結合（有詞音才能有語素音，如「明」沒有「日」音，便不能有「日」語素。）的漢語構詞法。這可使漢語詞的學術研究不致偏廢。

從這個看得見的構詞法所得到的詞性，提供認識漢語個性又不傷普世語言共性的契機。把語素從形、音、義解析，卻不失「詞」是音義結合體。詞性是從挖掘漢字的內在因緣而來，漢字的個性就在這裡，卻自然契合「詞」的外來共性（音義結合體）原理。這可以強壯構詞體系，開創漢語研究的新面貌。再說，這種看得見的構詞法呈現的漢字詞文化，本身即具備「看不見」（指僅表面音義結合）的學術地位，可以使構詞研究更踏實，更全面。

二、教學實務上

「詞」的分類已經夠多了，詞類不就是詞性了嗎？現有「詞」概念中內部的語法關係如並列、偏正、動賓、主謂、後補等，也都俱全，如果再探討詞的內在性質，對教學是利或弊。米勒（1996）提到：「背景知識，使得……意義度就減輕了記憶的負擔。」（引自洪蘭譯，2002，78）人類文化因背景知識的濾網而更加精細，也因背景知識的增加而進一步相互交流。詞類之外的，其他詞的內在性質作爲人類對詞的背景知識之一，將使人類的語言知識更加精細，人際更易於相互交流，也可以使人類對詞的運用更加仔細，從而使教學更具體、落實。

統。」（引自謝富惠、洪蕙如、洪媽益譯，2011，408）

　　作者認為，使語詞清楚的兩個方向是：一、透過一句話的語流情境而解析；二、對單字義的深入解析。漢字是詞這件事對後者大有助益，因為在語詞的認知上，漢字的意義度因此比較豐富而清晰。當然，構式語法不問內裡的態勢（王惠，2005），對漢字訛變的結果，例如「隶」變為「枼」，反而提供形態直覺的意義道路。總之，漢字的詞性無傷於目前對詞的運作，反而有助解析。因為析字解詞義，對教與學都有助益。

三、文化認知上

　　認知是相對的，有認知和被認知的兩方。認知在人的社會也是比較的，有你的認知和我的認知的不同。對漢字在語言學地位的認知，使用英語者和使用華語者的認知可能不同。但對漢字屬何語言單位的認知結果產生不平衡：英語的獨立單位是詞，華語的獨立單位卻是詞或語素或只是表音符號時；對英、漢語的交流會產生不協調的現象。

　　不協調表現在：誤認表音的詞用為只是表音符號的詞性（「琵琶」的「琵」表音，只是詞用現象之一，它的詞性不只是表音符號）；誤認漢字的發音元素為語素音的元素（如「毛」之「ㄇㄠˊ」）；誤認語素音必表現在詞音（因此認定「明」只有一個語素「明」）；錯失對語符元素的關注（不認為「明」有三個語素：日、月、明）；誤認某些漢字不能單獨使用（「琵」是什麼意思？這不是單獨使用了嗎？）；誤認漢字的語言學位階比較低（只是語素文字）。

　　認知錯誤會導致發展受限、停滯，甚至造成漢字文化萎縮、毀滅。認知正確會帶來發展全面、進步，甚至推動漢詞文化傳播、飛揚。華語人士正確認知漢字的詞音和語素音，可感受合音成詞的來源（「日」、「月」成就「明」這個詞音）；正確認知漢字與字元的形，可感受漢字的成字

理趣；正確認知漢字和語素的義，可感受每個漢字詞的獨立。華語人士正確的文化認知，只是有了自知之明；若要知彼，先看這裡。

在考慮文化背景差異之後，外語人士誤認漢字音難記，因爲沒注意形聲字的間接、直接表音能力；誤認漢字形難寫，因爲發現太少筆畫意義而降低了寫作的動機；誤認漢字義難解，因爲停留在只表音符的音流裡。相反的，如果外語人士正確認知漢字音的結構，可感受發音的簡潔；正確認知漢字形的構成，可感受書寫的筆畫意義；正確認知漢字義的現象，可感受漢字的別義能力。

總之，本書可喚起人們對漢字的詞文化的認知，並進一步傳播，造福人群，而使漢字詞文化飛揚。這樣的文化認知，是踏實而可長可久的，不論使用華語人士的母語爲何。

第四節　名詞釋義

從「漢字文化」到「漢字詞文化」，雖然只是增加一個標示漢字性質的字眼，其間的升級卻經過學者專家跨世紀的探討。由於學者專家各有相似而非全同的高見，對於這個範疇的重要用語，尤其在本書的解釋、用處，現在對讀者說明；方便讀者正確瞭解本書內容的意旨。

一、詞

依照陳新雄（2005）等的解說，「詞」是「語言中能自由運用的最小的單位」（30-31）。本著作依從這個定義。但要特別指出：能自由運用是能力問題，不是運用與否的問題。例如 boy 在 boy（This is a boy in the building.）及 boyhood（He was boyhood before.）中，有能力自由運用，而且獨立運用了，即書面型態上有空格分隔獨立，或意義上獨立地與其他成分 hood 另外組合成詞；但在 boycott 中，有能力自由運用卻未在書面型態上或意義上獨立地與 cott 另外組合成詞，而僅是聲音（聲音符號）的組合。本著作論述，主要在釐清語言單位「詞」所具有的能力問題，而非其意義上獨立運用的有無。

二、內緣詞性

潘文國、葉步青、韓洋（2004）提到，詞性的概念在於詞類。然而詞性指詞的性質。作者認為，詞的性質有內緣，有外象（運用詞而呈現的表象）。詞類是運用詞而呈現的表象的分類，例如名詞、動詞、形容詞……。因此，古人所謂詞依句辨品，離句無品；是指運用詞在句中呈現的外象詞類而言。英語的析詞法是對詞的內部結構解析，因此是從詞的內緣論詞性。本著作的「詞性」，所指的是詞的內部因緣條件的性質

即內緣詞性，有內緣型態：詞的音、詞的義、詞的（書寫）形，以及內緣單位：詞內含的獨立詞素。以表 2 呈現內緣詞性在詞性中的位置。

表 2 內緣詞性在詞性中的位置表

詞性							
內緣				外象（詞用呈現的現象）			
型態			單位		意義		結構
形	音	義	獨立詞素	非獨立詞素	實詞	虛詞	單純詞	合成詞

三、字元

周祖庠（2011）指出，字元又叫字位、字根、獨體偏旁。也有稱爲字素，甚至稱爲字元、初文的。作者將其他構字的非字元元件稱爲「準字元」，即如不成字筆畫、不成字構件、字綴、不成字偏旁、不成字部首、不成字聲首等。

字元是構字的主要元件，本身已是漢字，獨立成詞，也即許慎的「獨體爲文」。就近代語言學說，字元即成字部件；需要時和準字元相配，合構成詞。這些元件，古、今漢字皆然。因此不受古、今漢語之別的限制。本著作使用「字元」這種字眼，乃因字元是漢語再造字之主要元件，對解析詞性發揮其基本單位的作用。現象上，字元對應於自由詞素，也就是獨立詞素。準字元對應於黏著詞素與非詞素也就是非獨立詞素。

四、詞素／語素

詞素、語素同義，也叫詞位。依照陳新雄（2005）等的解說，「詞素」是「語言裡頭有意義的（或語法功能的）最小單位」（37）。就詞而言是詞素，就語言而言是語素，是最小的音義結合體，含其書面形式。關於「最小」的概念處理，作者不強調其中的最小，而以單詞內部的階層概念表態。本著作為和英語詞對話而用「詞素」或「語素」，只在凸出漢字結構（字法）時用「字元」。

五、外構詞

「外構詞」是作者自創詞。詞的運用現象，指單一漢字外加他字（不論同、異，也不限字數）而成的詞，因此用以指稱複合詞、派生詞、擬聲詞、音譯詞、象聲詞中的多音詞，即非單字詞。外構詞在本著作發揮「單字詞的運用不同於單字詞的詞性」的作用。

外構詞接近阿羅諾夫（Aronoff，1976）稱自己創發的以詞構詞的構詞法為「詞基論」（word-based theory）。例如「天下」以主謂式，成為多音複合詞；也以「天」加「下」成為外構。又，「卅」、「甭」是單一漢字，「三十」、「不用」是外構詞，「理髮廳」、「琵琶」都是外構詞。這些外構詞所從來的單字詞的運用，都和「天」、「下」、「卅」、「甭」、「不」、「用」、「理」、「髮」、「廳」、「琵」、「琶」等單字詞的詞性不同範疇。

本章述明漢字詞文化跨世紀升級的基礎，包括目前漢字文化之下的字、詞關係，漢字文化升級為漢字詞文化的重要性，以及對促使升級的用語解釋語義。第二章將從三個角度探討構詞：構詞研究、構詞法、構詞現象。第三章說明解決問題的方法。第四章是發現漢字新大陸並討論，揭示和英語詞概念一致的漢字內緣詞性。第五章則是從漢字詞再出發。

第二章　攤開說構詞

　　第一章中的文獻現象，是以時間為軸，從整體語言學的角度，提取代表性的著作論述字、詞現象。現在要從三個面向探討「字、詞關係」這個背景主題，分別是：一、構詞研究；二、構詞法；三、構詞現象。這般攤開多面向探討，可兼顧古今變化、學術本位、構詞方法，及形態學的現象。

　　探討構詞研究，可瞭解學術前輩為迎接英語詞概念所做的努力，及其研究的軌跡；此部分從語素本位面向、字本位面向、古今字詞面向，及詞類詞性面向等四項議題進行探討。再者，探討構詞法，能提綱挈領得出漢語構詞的目前法則，並做出評析；這從構詞法的趨向、析詞法、借詞法、造詞法、分詞法、用詞法等加以探討。最後，探討構詞現象，可具體而微地呈現漢、英的語詞現象，供作對比。此方面探討的則是漢語的擬聲類詞與原始文本的詞型。

第一節　構詞研究

　　由於漢字的特殊性，學者研究英、漢語詞的焦點多在當下的字、詞關係。然而相關文獻散見各處，茲舉例說明。郭良夫（1958）論詞彙，張聯榮（2000）論古漢語詞義，高守剛（1994）也論古代漢語詞義，廖才高（2005）論漢字的過去與未來，崔永華（1997）論詞彙、文字研究與對外漢語教學，萬藝玲、鄭振峰、趙學清（1999）論詞彙應用通則。以上有專書，有通論；有論字，有論詞；都述及字、詞關係。像張聯榮、高守剛兩位學者，更用現代漢語語言學的原則研究古漢語。而廖才高（2005）雖論字，對字、詞關係卻更深入。

　　英語詞的結構單位，有語素和非語素、獨立語素和附著語素之分。漢語的構詞研究，一要面對英語詞中的詞素概念，二要探究字詞關係；三要面對古今語言學不同的問題；四要面對詞類詞性的解析。這成為探討構詞研究的四個面向。其中詞類詞性面向，凸出構詞研究的轉折。

一、語素本位面向

　　論字、詞關係是熱門議題，楊柳橋（1957）便論述漢語語法中字和詞的問題，但楊錫彭（2003）的漢語語素論值得重視。原文的 "An Introduction to Language"（Fromkin、Rodman、Hyams, 2011。引自謝富惠、洪蕙如、洪媽益譯，2011）中，有關語素的論述只佔該書中構詞學的一小部分，其他章節相關的論述也不多。而楊錫彭（2003）用兩百七十六頁的篇幅論漢語語素，這是少有的語素論述專書，它足可代表語素本位的文獻。固然書本的頁數不一定具有代表性，但從其詳論語素與漢字的關係，不難看出他的理論值得重視。

　　楊錫彭（2003）的論點，主要在：「一個記錄了語言成分的字，可能對應的是一個詞，也可能對應的只是一個構詞成分。」（26）這個構詞成分可能是語素，也可能「只是記錄了一個沒有意義的音節。」（28）因此，他有兩點主張：一、因為是音、義結合體，所以「不能拘泥於漢字形義關係的辨析。」（95）；二、透過語音形式辨認語素需要注意的情況之一是「沒有語音形式的存在，不能憑空指認語素的存在。」（61）關於第一點，以佔百分之九十以上的形聲字而言，所謂的形義辨析，實際上就是音義辨析。因此形義辨析適用於辨析漢語的詞素。關於第二點，這明顯僅以表面能聽到的音為範圍論述。楊錫彭指漢語的「音節結構……形成一個語音塊。」（147）既然漢字異於英語，是個語音塊而不是語音流，在辨析語素時便要有不同的考慮空間，才不會因為英語的方

法限制了漢字的辨析。

　　楊錫彭認爲無法用現有標準區分清楚漢語中的詞根和詞綴。這是有道理的，例如「老三」的「老」便有「第」義；這個詞綴也像詞根。然而他停留在多音詞的範疇，沒有從單一漢字內部再向下探討最小音義結合體的作爲；這是本研究要探討的。

　　布龍菲爾德（Bloomfield，1933）對語素的認定方法，有「不能進一步切分爲更小的語音──語意形式。」（引自楊錫彭，2003，前言）如果對漢語僅停留在多音詞或一字一音的表象，便會得到少數漢字不是語素的結論。因爲如「琵琶」被認爲是多音單純詞，其中有兩個音，最多只有兩個語素，而「琵」、「琶」結合代表一種樂器的名稱，人們就此認定拆開的琵或琶沒有意義，因此都不是語素，只有琵琶是獨立語素也是詞。

　　其他關於語素的論述，如錢乃榮（2002）有內容豐富而詳細的論述，而且有「漢字和漢字文化」專章，但主張並無特殊之處。又如趙元任（1975）認爲非必要在漢語裡找出其他語言中存在的東西，他所指的是「字」和 word；而呂叔湘（1980）進一步說不一定非有「詞」不可。這些看法固然不錯，但對漢字的詞性沒有闡發。

　　綜合而言，周祖庠（2011）認爲「古代漢字是詞文字；而非像現代漢字一樣，是詞（語）素文字。」（28）。這裡的詞素文字包含少部分漢字被歸類爲僅記錄表音的符號。這種看法有不少學者認同，例如張聯榮（2000）、祝清凱（2008）、程雨民（2003），及坊間諸多漢語語言學關於詞的論述。但重視語素的學者，礙於表面的音義結合，而無法由單一漢字向下解析，僅得複音單純詞，由此解析而得單字被歸類爲詞、詞素、非詞素的純表音符號。

二、字本位面向

　　爲了和英語的語言學理論接軌，字本位的學者極力將漢字以新面貌呈現。語言透過聲音表達意義，若說文字的本質是以音表義，則看法可能會極爲分歧。周祖庠（2011）證明了文字的本質依然是以音表義，他爲維護這個本質特徵而提到：「因爲語言的聲音和意義相爲表裡、一刻也不能分離的，只不過漢字記錄他們，有直接紀錄與間接紀錄的不同方式而已。」（29）

　　周祖庠（2011）以「近、現代楷書中已佔了百分之九十以上」（271）的形聲字證明漢字音義皆表。因此提出表音機制有三：顯性表音機制、隱性表音機制、顯性表音兼顯性表義機制（105-106）。並指出，偏旁、表音字綴、聲調也有表音功能。這樣的表音機制顯然不同於英語，但有足堪比擬的對等功能。

　　「以音表義」給了作者不少啓示：一、從語言到漢字，是從語言共性到語言個性的以音表義。二、隱、顯性的表音，隱、顯性的表義，結合形、音、義三位一體的漢字，建立了漢字的新面貌。三、漢字的以音表義無可疑義，只是方法不同於英語。四、漢語、英語的接軌，也表現在以音表義——同具此功能。

　　然而，周祖庠（2011）指出：「古代漢字是詞文字；而非像現代漢字一樣，是詞（語）素文字。」（28）這和本研究的觀點不同。但他又以「音義皆表的詞——音節文字」（27）稱呼漢字，可見他對字詞關係，還不固定。

　　陸儉明、郭銳（1998）不認同徐通鏘（1994）的論述漢字「有時候可以不限於一個音節，如『只有一個字：不服』。」（11-12）這揭示了挑戰的問題。作爲字本位的提倡者，徐通鏘（2008）的論述沒有對語素或詞直接論述。他用辭（字組）、塊、名性字辭、動性字辭、語彙、語

彙字法、語彙句法，作爲論述的用語，這些用語各自有它的概念。是自我表態了，但似乎少了英、漢交流的直接通路。

廖才高（2005）論漢字的獨特之處有三：「1、具有理據性和審美價值的形體結構，……2、每個字都是一個獨立的音節，無須字母組合拼音。……3、在表意上，漢字最大的特點是字詞同體。」（202-203）他說：「事實上漢語字典也是對漢字逐個音標釋義的詞書。爲什麼漢字能夠逐一釋義呢？因爲漢字的每個字就是一個詞。」（203）字典的解釋，往往舉多音詞爲例，例如解「琵」而舉「琵琶」，是迎合讀者的使用習慣，並不能因此完整解釋「琵」字，也不能證明「琵」不具詞性。「不能認爲記錄合成詞的字在詞中只充當一個詞素（語素），這個字就不是紀錄詞的符號了。」（廖才高，2005，204）他爲自己的主張總結：「所謂字詞同體就是……一個字在外表形式上是一個由許多筆畫構成的獨立的形體符號，他的內涵是語言中表意的某個詞，同時，這個字符是語言中對應這個詞的音節。」（206）然而他是就漢字的多數說的。

向英、漢交流跨出一大步的是潘文國（2002），他回歸'morpheme'與'grammar'的本義而提出「形位學」。「漢語形位學的提出，其根據是在重新認識漢語本質基礎上提出的『字本位』，以『字』爲本位。」（潘文國，2002，153-154）他的漢語形位學（morphology）：

> 它以漢字爲基本單位，一步步分析其構成，其最小單位爲形位（Morpheme）及形義結合（往往也有音）的最小結構單位，其地位相當於印歐語裡的「形位」或「語素」。它關心的是漢字的語言學因素。漢字內部形、音、義的組合關係。（潘文國，2002，157）

進一步他依據當代構詞法理論（morphology），確立了幾條原則。其中提出「建立與西方構詞學相應的『字幹』、『字綴』、『成字形素』、『不

成字形素』等概念和術語。」（潘文國，2002，162）的原則。這個方向
是正確的，但問題出在如何將所說的「形義結合」及「形、音、義的組
合關係」，與「音義結合」的詞連結。這是本研究的課題。

三、古今漢字面向

　　何九盈（2000）指現代漢語語言學是在西方普通語言學的影響之下
發展起來的。關於現代漢語的起始點，依習晏斌（2006）的說法最少有
六種看法，他認爲「現代漢語的最終確立和形成是在『五四』時期。」
（11）而何九盈對古代、現代語言學的劃分，是從清末開始的。作者認
爲，從清末到「五四」，是現代漢語建立的熱絡期；伴隨清末興起的新
學堂制度，現代語言學到「五四」而站穩根基。

　　「現代語文運動，是指清末開始出現的白話文運動、漢語拼音運
動、國語統一運動。」（何九盈，2000，13）這三者，只有白話文運動
和書寫系統有關係。因此，五四白話文運動被標示爲書面語言革命，而
書寫系統卻不是討論「詞」這獨立的音義結合體的必要考慮範疇，就算
白話文因爲它的通俗性、易用性，而有白話語的功能，也只有它的語法
和詞有關——即白話語法的多音詞是由單字詞外構而成的。這種淡薄的
關係，反而凸顯現代語文運動前後漢字的不變性；語法是變了，語詞也
有所增、減變化，作爲更基本的書寫形、說出音、善表義的單位——字
是沒變的。因此，楊錫彭（2003）不忘提到「中國文字無變」（前言）
的說法。胡適的「文學改良芻議」（引自何九盈，2000，20），提出八
條原則。然而，文學改良不針對單一漢字（不避俗字俗語是主說句中用
字，這非特別針對單一漢字的內部。）與詞性。總之，漢字自古至今都
是形、音、義的結合體，其結構原則和功能，並不因語言學時期的變化
而有質的不同。

周祖庠（2011）提到的漢字「是爲古代文獻服務」（前言）。但他用以表述理念的，還是當今的漢語文字。古、今漢字除了字體的不同（籀、篆、隸、楷），結構方式，表音表義的功能都相似。表音表義的路徑或有變化，但都是獨立地表音表義，無須假手他字以表音表義。周祖庠（2011）說形聲字成爲漢字發展的主流，「漢字的基本性質並無任何改變……新的詞彙層出不窮」（397）。這也證明古、今漢語之異在詞彙，也在漢字之用，但不在漢字之性。

四、詞類詞性面向

異於字、詞關係而又和構詞研究有關的，有詞類與詞性的關係值得探討：

> 漢語構詞法研究……採用了其他語言通常用來表示不同詞類的術語。……這樣，指出各組成部分的「詞性」來描寫一個多音詞，似乎是唯一「科學」和符合語法的途徑，因而一度相當流行。（潘文國、葉步青、韓洋，2004，29）

從運用詞類的概念表示詞性，看出以前學者將詞性的概念集中在詞類。劉秉南（1982）對收編之破音字表示，各詞均標註詞性；他對「琶」字標註，例如：「念ㄆㄚˊ，如：（名）琵琶（讀音）。」（102）明顯標示「琶」的詞類（性）是名詞。劉秉南（1982）所說的「詞性」，只指詞類。他的詞性標註，說明了詞的內涵性質只被著重於語詞類別的現象。其他如周薦（2005）指出構詞和詞性的關係，這「詞性」，實際上指詞類如動詞、名詞……等。總之，不少華文著作對詞性的論述，是對單一語詞性類的解說。這種詞的性類固然也屬於詞性的內含，但只是詞運用中的分類（尤其漢字更複雜），不是本文論述的詞性重點。

　　至於詞性和詞類的關係，當單一詞和其他詞對比時，詞性既指詞的內涵性質，又可突出內涵性質的差異。依據表現的異同將詞分類，例如「花」之爲名詞與動詞，這是功能使用上的區分。而本研究所要聚焦的並非是功能的類別，而是在於詞性的結構成分鑑析，也就是它的內涵性質。

第二節 構詞法

對語詞解構，是構詞法的工作。西方語言學的構詞法實際包括構詞和造詞兩個範疇。因為「研究詞的內部結構和詞彙產生的規則叫做構詞學（morphology）。」（引自謝富惠、洪蕙如、洪媽益譯，2011，52）。探討詞的內部結構是狹義的構詞法，探討詞彙產生的規則是造詞法而屬於廣義的構詞法。對英語構詞法另外一種解讀是翟康（2013）的「四構三用」新說（76-87）；他分別了構詞和用詞，頗有見地。更有甚者，翟康指英語百分之八十的詞彙是借詞而來；這說明英語也不乏借詞法。

梁靜（2013）說：「漢語的構詞法類型主要是合成法，還有少數類型是派生法和縮略法。」（189） 這是就造詞說的：合成語素而成詞，派詞幹、詞綴而生詞，縮略成分而成詞。反向說，解析這些已成的詞，便是構詞法了。依潘文國、葉步青、韓洋（2004）的歸納，漢語的構詞法有五種：析詞法（Word Analysis）、借詞法（Word Borrowing）、造詞法（Word Coinage）、分詞法（Word Differentiation）、用詞法（Word Employment）。以下分別解說，但在此之前，先提出漢語構詞法研究的早期趨向。

一、早期趨向

從兩千三百多年前的荀子以來，漢語構詞法的論點，包含了單雙音節的使用、音義聯想法、四聲別義、雙聲、疊韻、連綿字、重言、省文、急言、緩言（潘文國、葉步青、韓洋，2004）。其中音義聯想法、四聲別義、雙聲、疊韻、連綿字等音義關係密切的現象，符合現代語言學「音義結合」的論法，理應在現代語言學得到更大發揮。

馬建忠（1898）寫成第一部現代意義上的漢語語法著作，他用帶點

西方化的術語研究漢語構詞法。漢語構詞法的研究趨向，就在西方的學術術語領名下邁進。章士釗（1907），薛祥綏（1919），劉復（1920），金兆梓（1922），都戮力研究構詞法。胡適（1920）是第一個提出白話文構詞體系及複音字構成詞的學者。

綜合而言，早期趨向有兩點值得注意：一、由白話文的多音語音流，使得人們對句子的分析因詞類不同而分別出不同的句內單位。例如「今天來到貴寶地。」受到重視的是「今天」、「來到」、「貴寶地」等複音結構。二、複音字構詞法的提出，使人認為解析複音詞是對的，以致很少有人注意單一漢字的構詞。

二、析詞法

析詞法固然是 1950 年代結構主義的產物；漢語學界採用其分布理論和直接成分分析法，推動漢語構詞法和漢語詞法研究的發展。析詞法是從語言的語詞現象向下解析，且是英語構詞法的主軸。林語堂（1969，270-271）的翻譯內容有型態學，是 Morphology；Fromkin、Rodman、Hyams（引自謝富惠、洪蕙如、洪媽益譯，2011）提到手語構詞學（Sign Language Morphology），用 'Morphology'。'Morphology' 既是型態學又是構詞學，這說明西方的析詞法和型態學有淵源的關係，正如翟康（2013）所說「構詞法是詞彙學和形態學研究的重要內容。」（76）。然而如上述，漢語析詞法初期曾經只是分別詞類的方法，只是從句中斷詞而分類，這和英語的析詞法明顯不同。

加綴成詞是造詞，反向解釋而得詞綴便是構詞。加綴的觀念在《馬氏文通》中已經出現（「前加」、「後附」）。漢語的「詞綴與西方語言學的 'affixation' 往往不盡相同。」（潘文國、葉步青、韓洋，2004，64）漢語的加綴法造詞，如桌子、椅子，是從複音詞解析，此時並未顧及「子」

字的完整詞性，只就它在此的作用而判定它是詞綴。然而，暫時不管詞性不代表沒有詞性。就算在桌子、椅子中，「子」也有獨立的音（ㄗ‧；zi），義（實存的個體）。

楊柳橋（1957）認爲字「不但是文字的形體單位，同時也是語言的聲音單位。」（8）尹斌庸（1984）首先對漢語語素進行定量研究，他認爲漢語語素有三個非常明顯的特點，其中特別提到：單音節語素在漢語中生命力最強，也能起決定作用。陸志韋（1957）提出「單說」（獨立）和「獨用」的概念。析詞法就在表面單音只有單語素的限制下發展著：一個字即一個音（節）最多只能一個語素如「明」，而發展出多個字才一個詞素如「幽默」、「巧克力」。

三、借詞法

借詞法可借形、借音、借義，和外來語關係密切，不論音譯或義譯或摹借外來詞，都是借詞法，也是造新詞的過程。擬聲詞例如「咻」是用「休」詞加料加工而成。因此借詞法也是用詞法的現象。值得注意的是，這例是借音加料而成單字詞，是以概括義（例如英語的 er-）的詞根「口」（參見第 141 頁）附在「休」音（之義）上而成的詞。

只要對外來詞的翻譯是「音譯」（楊萬梅、王顯雲，2011，176）或「音義兼譯」（同上），都是用漢字表音。雖然英語詞的音借入漢語需要「漢化加工」（陳嬋，2011，95），如 card 從兩音「卡的」被略爲「卡」一個音，但這種節略無法普遍，因爲英語詞的多音節音借入漢語後也是多音節，例如「斯德哥爾摩」。

借詞法的詞屬於上述的擬聲類詞，它不但無助於單一漢字詞性的解析，反而因爲其中每一漢字表音的特質，蒙蔽了語言符號也同時帶義的

本質。

四、造詞法

在西方，雖然 Aronoff（1976）分別 word formation（或 word coinage）（造詞法）和 word structure（詞結構），但兩者同屬構詞法的範疇。關於造詞法，任學良（1981）主張以造詞法統率構詞法。值得一提的是，從孫常敘（1956）開始，「側重於對現代漢語複音詞生成問題的研究。」（引自李仕春，2011，9）。

孫常敘（1956）認為「結構是就造詞的素材以及它們之間的關係來說的，……造詞方法的研究是從造詞活動方面來分析詞構成的。」（77）李仕春（2011）的單音詞造詞法的音變造詞如「子」由「ㄗˇ」變為「ㄗ˙」。義變造詞如「光」由「亮之質」變為「空」是引伸造詞。「花」由名詞「樹之花」變為動詞「消耗」是轉類造詞。這樣的單音詞造詞法也是詞之用的結果，全然無拆解語素以他用的向下析詞作為。他的複音詞造詞法所造還是複音詞；例如從「花」到「花用」是造詞，為「花用」解構卻到「花」與「用」的關係而止，再無向字內解析詞性了。

五、分詞法

漢語拼音化主張語詞連寫而產生的語詞畫界要求，在 1979 年朱星首次將它稱為分詞法，他認為「講構詞法前還要先講分詞法。分不出那個是詞，就說不上構詞法了。」（14）陸志韋（1957）更說：構詞法問題總是結合著拼音文字提出來的，構詞法研究「主要目的首先還不是建立構詞法理論，而是為了解決拼音文字的問題。」（序言）

既然為了解決拼音文字的問題，而拼音文字有語流。因此，此後產

生的分詞標準，就在類似英語語流的情境——句子中設想。王力
（1943-1944）的意義法、插入法、轉換法，陸志韋（1957）的同形替
代法、擴展法（即王力的插入法或隔開法）。林漢達（1953）用規定連
寫的辦法研究分詞標準。彭楚南（1954）、周有光（1959）的三面綜合
法（語音、語法、語義）。以上的研究，分詞分到最小單一漢字而止—
—認為是單字詞，但其分詞所得，更多的是複音詞。

呂叔湘（1979）分詞的兩個面向是詞和短語的區別，及詞和語素的
區別，但還是認定語素只在單字以上的層次。又如許德楠（1981）提出
「五定」說：定向前：杯；定向後：杯內。定性前：椅；定性後：竹椅。
定位前：椅；定位後：椅背。定元前：背；定元後：腰背。定量前：指；
定量後：五指。這作為分詞的標準，顯出造詞、用詞的路徑，而無關單
字詞內部的探討。甚至有人（劉叔新，1984）把語音停頓與語義結合起
來作為判定詞的標準。這些都是從句分詞而取單、雙、多音詞。

分詞法的特殊現象是「簡稱」或稱「略語」，都是從多字出發，簡
之略之而到單字為止。簡稱能夠成立而以單字呈現，例如「越南」之於
「越」，表明所謂複音單純詞的內部漢字不可拆的繆誤，這種現象沒受
到重視，因此本研究解析複音單純詞的內部漢字的詞性。

六、用詞法

在漢語，音節關係到用詞。荀子「單足以喻則單，單不足以喻則兼。」
這可理解為單雙音節的詞視環境需要而靈活運用。馬建忠（1898）的「語
欲其偶，便於口誦」（165）原則，說明音節與節律在漢語構詞的影響力。
其後劉復（1920）、金兆梓（1922）、郭紹虞（1938）更從音節角度論述
漢語構詞用詞的特點。

漢語中用詞，長短伸縮的彈性如「桌」之於「桌子」，單、雙音節的配合如一個動詞音節加兩個名詞音節（如理頭髮）。於此而有劉伶（1958）所說：「按照一定的規則把詞綴同詞根和成新詞，把一個詞由一個詞類轉變到另一個詞類，或者詞根後加表量成分的構詞方式就是形態類型構詞法的全部內容」（引自潘文國、葉步青、韓洋，2004，239）。然而無論詞類或加綴，說的都是複音詞的現象。相似的是，劉叔新（1984）認為現代漢語的內部形式所講的也都是複合形式，因此還是受到英語連音的限制。

論方言的用詞卻可佐證漢語單字便是詞。如廣州、廈門的窗、蔗相對於北京的窗戶、甘蔗（李仕春，2011，384），「窗」可從「窗戶」拆出，獨立表示「窗戶」義，「蔗」可從「甘蔗」拆出，獨立表示「甘蔗」義。由此看到漢語單字詞的獨立運用：窗、戶、甘、蔗。而複合詞「桌椅」明顯是單字詞「桌」和「椅」的組合，「子」字可從「桌子」、「椅子」拆除，也是用詞法、造詞法的一個例子。綜合說，用詞因配合連音而加綴加字，不可能觸及對單字詞的解析，頂多是多個單字詞拼湊組合的結果，如「第一」和「一個」都是用詞組合而成；至於改變詞性的用詞，如「花朵」和「花光」的「花」，用詞並看不出它在詞類變化之外的詞性內涵。

茲將以上五種構詞法的概念重新整理如下：

1、析詞法：由大到小：句──詞──詞的下位，對既成詞分析，比較靜態，雖是共時性的，卻不放棄歷時的因素。

2、借詞法：不論音譯或義譯或摹借外來詞，都是造新詞的過程。

3、造詞法：對詞生成過程的動態研究，更具歷時的研究性質。

4、分詞法：向上和短語劃界，向下和語素（詞素）劃界，尤其在句中的界線。

5、用詞法：語詞運用的方法，會產生分合變化情形，如單音詞擴展成雙音詞、多音詞；多音詞節縮為雙音詞、單音詞。

　　這些構詞法大多對合成詞（含派生及複合）鑽研，可惜僅到字而止。因為認定最小的音義結合體就是單字，有時甚至是多個字，例如借詞法把「琵琶」、「巧克力」視為是最小的音義結合體，便是限於對西方句、詞多音語流的迷思，棄了漢語的單字內理而不思論述。從西方句、詞多音語流講構詞，於是有郭良夫（1985）「一個字，一個漢字，也可以是一個非音節性的捲舌『儿』（-r）尾。」（6）並舉例「表示情態的「麼」字（例如怎麼），可以說是不成音節的 m。」（6）這就太牽強了！「麼」的發音是ㄇㄛ・（mo），如果把它說成ㄇ（m），便偏離了本質。以「儿」來說，本質上是韻母獨立成一音節，而不是「非音節」。又如馬思宇（2013）說，依據短語規則劃分出來的構詞法分類「使得我們對漢語詞彙的分析從分類開始就已經喪失了深入剖析的可能。」（29）他說的是構詞法的結構類別（如主謂結構類），對詞內部成分（如「日食」的「日」和「食」）的語義關係闡明不足的現象。這裡看出，目前由上而下規則的援引使用，有其不足處。另外，構詞研究的析詞、分詞的重點之一是在追求西方現有的詞類（單純、派生、複合，名詞、動詞、形容詞……），卻忽略了西方句、詞在形態上的分野。

　　固然，薛平（2011）指漢語和英語「在構詞的模式上，存在相似性。從構詞的組成部分來看，有詞頭、詞尾、詞嵌、詞幹等。一個漢字添加不同的偏旁、部首，就可以構成許多不同的字」（72），例如「交」字可

以構成「姣」、「絞」、「佼」、「郊」、「蛟」、「跤」、「咬」、「狡」。「一個英語單詞也可以添加不同的偏旁、部首而構成許多不同的單詞」（同上），例如 colour（顏色）、colourable、multicolour、discolour。然而，英語對漢語構詞法的影響，苗蘭彬（2013）認為有：一、促進了附加式構詞方式的發展，詞綴化速度加快；二、多音節詞增加；三、字母詞的不斷增多；四、縮略詞的數量明顯增多，是構造新詞的重要來源。苗蘭彬（2013）的方向卻是在漢語句音流中挖掘屬於單字而非字元、隱含的另外音節例如「明」中的「月」等成分。

　　然而，從構詞法為詞定位，即斷詞所得，英語只要是單純詞，詞的內部便無分隔（參見下節）。相似於英語的分詞，作者認為漢語所謂多音單純詞例如「幽默」，已因字的四方虛框產生區隔。目前從句分出含有四方虛框分隔的多音單純詞，與英語及作者的看法不一致現象的原因之一，乃是至今只有極少從句中四方虛框的方塊斷詞並探討。有的例如姚亞平（1980）從會意字的構成看漢語字法和詞法的一致性。

　　姚亞平所說的一致性，在構成要素方面，例如位、伐的「亻」與不同成分結合成詞。在結構關係方面，作者摘要製表成表 3。

表 3 會意字和語法關係舉例表

目前認知的複合詞的語法關係	會意字	說明
並列關係	林、众、驫、淼	例如「林」，其中「木」和「木」是並列關係。「見」的「儿」（即「人」）、「目」（以名詞當謂語）
主謂關係	走、見	
動賓關係	馭、牧、启	

偏正關係	牢、囚、家、莫	是主謂關係。「馭」的「又」、「馬」是動賓關係。「囚」的「人」、「口」是偏正關係。

　　這當然會引起：一、上述的主謂、動賓、偏正等語法關係是否恰當？「見」的順序是目、儿還是儿、目？二、所有漢字是否一體適用的疑慮？畢竟那只是對會意字的研究成果！雖然如此，這個成果不容忽視，因為從英、漢語詞的型態那「一串」和「一塊」說，姚亞平（1980）所探詢的方向是正確的。

　　對中英構詞法的接觸，固然要充分肯定英語「適應了漢語的交際需要，使漢語得到不斷發展……也要保持漢語自身的表意性特點」（苗蘭彬，2013，140），這是無庸置疑的。而表意特點可從擬聲類用字特別闡發其表意，闡發擬聲類用字要用字法。文法中有字法的構詞法，這在英、漢語是相同的。英語的「ice」發音，它的拼字的首個字母時而有大寫（句首）、小寫的語法區別，但表示「我」的字母是「I」，便放諸四海而皆準，在交流中都是大寫的。這就是語法中的字法，也是作者要向漢字內裡探詢構詞的原因。

　　作者參考徐通鏘（2008）、潘文國（2002）的說法，把詞定位在語法範疇尤其句法中，是切合人們理解語句實際的需要；但句中多的是複合詞，要探詞性，便要從單一漢字——單純詞解析才是。作者以為，只要析詞法，或分詞法，徹底依形態原則（謹守獨立形、音、義，及獨立詞素的綜合體）對漢語句斷詞，便可發現在形態上那四方虛框的方塊即每一漢字便是詞，因此必須再向下往單一漢字內裡探究，才能找到那「最小的音、義結合體」。另一方面，從用詞累加而成的合成詞反向思考，或許可以獲得再向漢字內裡分析的啟示。例如「白花」和「紅花」，花

在不同情境取得用詞的意義一致性。但那獨立、自由搭配用的「白」和「紅」，是否和「花」一樣，也有其運用上的意義一致性？就此思考，便可得「紅」、「白」、「花」都是詞。既是詞，便要往下解析，才是析詞法該做的事。可惜歷史並不全然如此。因此作者在此研究中進一步探詢漢字的詞性。

第三節　構詞現象

　　上述著重單一漢字外構及到字而止的析詞現象，可以透過研究現有的構詞法，以瞭解它產生的緣由。而構詞法是由解構語詞的經驗歸納而得，在對詞解構的經驗中，解構的對象──語詞所呈現的現象，便含本節要探討的兩個現象：漢語的擬聲類詞、原始文本的詞型。

一、漢語的擬聲類詞

　　著重單一漢字外構及到字而止的研究，所營造的語詞類別，有單純詞、合成詞。單純詞中特別的一類是擬聲類詞，其中多音擬聲詞被認為只有一個詞素，例如「幽默」兩個字卻被認為只有一個詞素「幽默」。

　　李靜兒（2007）認為，擬聲詞「用語音模擬自然聲音」（引自該書的中文提要）是「以音記音」（同上）之外，尚有兩點值得說明：

　　一、「擬聲詞本身是模仿聲音而造的詞，而不是表示概念的詞。」（50-51）例如由所仿之音產生概念，「碰」有撞擊、巨大聲音的概念。這概念便是「砰」詞的意義。二、她引萊昂斯（John Lyons）的話提到：「擬聲詞有代表著一定對象的抽象意義」（147）。顯示她認同擬聲詞是有意義的。再對照其列舉的 167 個單音節擬聲詞（佔其總列舉數的百分之 19.76），以及單音擬聲詞獨立成句的，作者寫的四個句子：「噹！噹！噹！上課鈴響了。」可看到單音擬聲詞的詞用，及不可忽視的詞性內涵：單音而音、義結合的獨立詞素。除了獨立成句，單音擬聲詞的詞用也表現在製造雙音擬聲詞、三音擬聲詞、四音擬聲詞上。例如：「啊」出現在雙音擬聲詞：啊啊、啊啾、啊嚏、啊烏、啊呀、啊呦之中。「咚」出現在三音擬聲詞：咚咚擦、咚咚嗆、咚咚咚、咚咚鏘之中。「滴」出現在四音擬聲詞：滴答滴答、滴滴答答、滴滴噠噠、滴滴溜溜、滴里搭拉、

滴里嘟嚕、滴鈴鈴鈴之中。這說明「啊」、「咚」、「滴」是本然存在的獨立的詞。這和傳統的認知多音擬聲詞內的單字不可解析有別。滴答滴答有不同聲音持續發生的意涵，而滴滴答答是相同聲音持續發生又產生不同聲音持續發生。「滴」（物品落下的清脆聲息）和「答」（物品落下的混濁聲息）在該等語詞中各有獨立的地位，是可解而不可無的成分。如果少了其中一字，語詞的意涵、意境便不同了。

　　從理論上說，高守剛（1994）指有既不雙聲又不疊韻的連綿詞，而且不少連綿詞具有多種書寫形式，然而「這說明連綿字中的每一個字都只代表一個音節，並不表示某一特定意義，……用字分歧畢竟會帶給書面交際造成困難，後來這些詞的書寫形式逐漸趨於一致了。」（14）多種書寫形式代表一個音節，並不表示它不能表示特定意義；再說，納入形（書寫形式）的考慮後，漢字的形可別義，可見其內單字作用的獨立發揮，因此該等單字是可以解析而且有義的。

　　如疊詞也是擬聲詞「恰恰」二字，楊萬梅、王顯雲（2011）說：「既傳聲又傳神，生動描述了 cha-cha 這種舞蹈輕快、活潑、熱烈而俏皮的風格特點。」（177）從這種現象一音只能有一語素的方法，僅能解得「恰」字是非詞非語素，而止是表音符號。但無論跳恰恰舞的單一動作，或火車鳴笛後出發時的單「恰」聲，它卻是詞。非詞非語素與是詞這兩種現象，在目前對擬聲類詞的解析中呈現詞性的矛盾。是詞才有詞性，非詞非語素便不能談詞性；這是本研究要針對部分漢字被歸類為非詞非語素探討突破的原因。

二、原始文本的詞型

　　名詞釋義中關於內緣詞性的詞，指從句分詞而下，所得到的單純詞；因為合成詞無論派生或複合，都可析出單純詞；本研究探討單純詞。

語言交流中具體呈現的語詞現象是構詞研究的基本現象，一切對語詞的解構，都要從這基本現象開始。然而漢語和英語對接，「詞」概念卻從英語來；探究語詞現象，就要從英文的文本探究。Fromkin、Rodman、Hyams（引自謝富惠、洪蕙如、洪媽益譯，2011）的作品（2011）定位在語言學的大範圍。該書自 1974 年第一版問世後：

> 深受學生、教師及一般讀者的歡迎，不但是主修語言學的學子很好的入門書，也是主修一般外語、英語為第二外語、語言教育、心理學、社會學、人類學、法律、傳播、資訊工程、語言治療與復健、神經語言學等學門要瞭解語言學必讀的導論書。（譯序）。

第一版迄今已 26 年，歷經九版，平均每三年就是一個全新的版本。由此可見其足可代表西方語言學的詞彙現象。

（一）英語詞當下型態

當下型態，指所有讀者可以看到或聽到的詞型態。英語詞當下型態的特徵是「一串」。Fromkin、Rodman、Hyams（引自謝富惠、洪蕙如、洪媽益譯，2011）從三方面表述：一、從形：「在書面語中，我們用空白鍵來把詞和詞分開」（46）。英語詞形的「一串」因被空白分開而凸顯。二、從音：「但在口語裡面，大多數的詞和詞中間並沒有停頓。……會說英語的人能輕易的把那一連串的語音斷開。」（46）三、從義：「知道一個詞，意味著知道某一音串所代表的語意。」（46）

1.詞的形

先說英文「字母」和「詞」在英語的性質。關於詞的「形」，Fromkin、

Rodman、Hyams（引自謝富惠、洪蕙如、洪媽益譯，2011）提到：

> 當你認識一個詞，那就表示你認識它的形式（form，聲音或是手
> 勢）以及他的意義（meaning）；形式和意義是語言符號（language
> sign）兩個不可分割的部分。……字串 house（語言的書寫形式）
> 所代表的音是指 這個概念。（390）

　　這可說明：一、這裡的每個字母 h、o、u、s、e 作爲表音符號，也
是一個看得見的「形」的單位。二、第二句話的原文是：「……the sounds
represented by the letters house signify the concept .」（390）原文
和譯文對稱。這除了說明翻譯無誤，更重要的是，結合第一點，得知
`house' 表音，也表概念。譯者特別以括弧註明「語言的書寫形式」（同
上），這說明字串 `house' 這個詞，除了是語音和概念的形，也是語言的
書寫形式。進一步說，它既表那房子的概念，便是以形表義；英語用文
字的書寫形表義，在這裡得到證實，無論直接或間接。而詞素
（morpheme）「這個詞來自希臘文 morphe，意指『形式』（form）。」
（Fromkin、Rodman、Hyams。引自謝富惠、洪蕙如、洪媽益譯，2011，
52）作爲「詞」的主要成分，也指具體看得見的書寫形式，即 Writing
form。

　　「沒有任何一個書寫系統會把一個詞當中幾個不同的詞素加以隔
開，雖然說話者都知道詞素何在。（英語中有時會用連字號來表現，如
ten-speed 或 bone-dry）」（Fromkin、Rodman、Hyams。引自謝富惠、洪
蕙如、洪媽益譯，2011，747）類似的看法是，米勒（Miller，1996）揭
示對詞的定義：「字是在兩個空間之間所印的任何字母序列，在這些字
母之間沒有空間相隔。」（引自洪蘭譯，2002，60）都說明這一串書面

的形就代表詞而不可能只是詞素。

「串」的意思是用東西將物品連結在一起，比較偏向直線性的連結。英語在此起連結作用的，是以字母的緊鄰呈現；在分別「詞」這件事上，是藉助於外面的左、右的空格。上述字串 house 所展示的詞形，是獨立的字母單位 h、o、u、s、e 的橫向連結，又和外界有空格的界線。Fromkin、Rodman、Hyams （引自謝富惠、洪蕙如、洪媽益譯，2011）提到詞與詞之間的界限，我們可以把握住那「一串」的界線，自然聽（看）得懂對方的句子。

對詞素的聲音與意義的武斷性（約定俗成），Fromkin、Rodman、Hyams（引自謝富惠、洪蕙如、洪媽益譯，2011）提到「而失聰者使用的手語亦然。」（392）即將代表意義的符號從聲音擴展到手勢，而這手勢的符號和意義的結合也是武斷的。因此在使用手語的失聰者的心理詞典，卻是手勢表達的概念，而不是聲音。手勢表達的這種形的概念，明確在語言種類中佔有份量。進一步，王文勝（2009）指「盲文以靜態之形示義，啞語以動態之形示義；盲文的形依靠觸覺手段感知，啞語的形以視覺手段感知。」（67）無論靜態之形或動態之形，形義的結合也可以是語素、詞的標誌。因此上述關於 house，也可以這般表達：KK：[haʊs]所代表的形 house 是指 🏠 這個概念。

於是，Fromkin、Rodman、Hyams（引自謝富惠、洪蕙如、洪媽益譯，2011）所舉例，不論單詞有幾個詞素，詞的內容總是連在一起而無空白鍵作分隔：

　　　　一個詞素 boy　desire　morph

　　　　兩個詞素 boy+ish　desire+able

三個詞素 boy+ish+ness　desire+able+ity

四個詞素 gentle+man+li+ness　un+desire+able+ity

四個詞素以上 un+gentle+man+li+ness

anti+dis+establish+ment+ari+an+ism（53）

　　詞就是一串，無可疑義。那麼，超出那一串以後的現象又如何呢？「要表達『互相』的動作，英語會使用 each other 這個詞組。」（Fromkin、Rodman、Hyams。引自謝富惠、洪蕙如、洪媽益譯，2011，56）each 和 other 是有空格分開的，兩者的組合是詞組而非詞。然而，布龍菲爾德（Leonard Bloomfield，1887-1949）舉 blackberry 為例是個複合形式（complex form）；他認為簡單形式（simple form）才是詞素（語素）。例如由 Fromkin、Rodman、Hyams（引自謝富惠、洪蕙如、洪媽益譯，2011）來的實例，monster（怪物）是簡單形式（是語素也是詞）（54）。簡單形式的內部便沒有空格的標誌。因此英語的複合形式或複合詞，其內部成分，有的中間有分隔記號（空白），例如 each other；有的卻沒有分隔記號（空白），例如 blackberry。從語法尤其句法的角度分析，例如英語句："I like the smoke screen."，把 smoke screen 看成一個單位，就像中文的「語辭」般，而非詞彙學的單純「詞」。要緊的是，由空白的區隔，我們知道那「一串」是個詞。

　　上述 Fromkin、Rodman、Hyams（引自謝富惠、洪蕙如、洪媽益譯，2011）的作品的譯文用「形式」兩字，這個形式包括聲音、手勢，及盲文與書寫的形，而書寫的詞便是字，如 `Word'或「字」。為了和書寫的形有所區別，本研究在指書寫形、手勢、盲文時用「形」，綜合性指書寫的形、手勢、盲文，及聲音時用「型」。因此這個型和意義是兩

個不可分割的部分。

型和意義成就的文字存在人的心理詞典中；當詞和書寫的形無法分離的時候，人們原先要把語言和文字分開論述的看法，便不合實際了。總之，橫式連結緊密的字串便是英語「詞」的形，它作爲語言「詞」的書寫形式。這形式是獨立的，指和外界（即和其他詞）有空白作間隔。

2.詞的音

就詞語、文字的發展論，人們把「有無語言學上的名稱」（Fromkin、Rodman、Hyams。引自謝富惠、洪蕙如、洪媽益譯，2011，731），當作「文字」或圖畫是不是詞彙或語音的標準，例如　　　　是圖畫，但當它以告示牌在道路入口矗立，且人們聯想到人行道這個設施的名稱時,「人行道」才成爲詞的音。這名稱，便是詞的音。因此,「所謂詞就是和特定意義相關的音串。」（390）這裡的音串是就其獨立性說的，否則「a」（表「一個」）只有一個音而非音串便不成詞了。進一步說，那個音串例如詞素 pro 有「向前」、「之前」義（蔣志榆，2010，545），在名詞 product KK：[ˋprɑdjus]是重音的位置，但在動詞 produce　KK：[prəˋdjus]中卻不是重音，因此發音不同。由此可知，詞素的音並非固定，進一步說構詞過程詞素的音有變化的可能。這說明詞內部的音是多變的。

英語的詞和詞素的音可以不同，儘管詞音大多包含完整的詞素音，但表現出來就是不同。單純詞例如 I 只有一個詞素，那詞音和詞素音便相同；此外，便大多不同了。例如詞 hardly 的詞素有 hard、ly，分別是 hard 和 ly 的音，在此 KK：[hɑrd]和 KK：[ˋhɑrdlɪ]當然不同。這般表述在說明詞音和詞素音的關係。

Fromkin、Rodman、Hyams（引自謝富惠、洪蕙如、洪媽益譯，2011）

列出「音標與英語拼字對應」（731）表。這說明英語的詞音無法只從詞形（含書面形和手勢形、盲文形）得音。「字母（graphemes 或 letters）與音素間的不規則性，常常被認為是造成一個人『為什麼不識字』的原因。」（Fromkin、Rodman、Hyams。引自謝富惠、洪蕙如、洪媽益譯，2011，750）這個不協調的事實，不應被籠統地認為英語的拼字（spelling）「直接」表音。英語的表音機制有音標當作轉折的媒介。因此，「除非是為了記錄所有語言中語音的音標字母，大部分的拼音字母都是根據音素原則（phonemic principle）設計而成。」（Fromkin、Rodman、Hyams。引自謝富惠、洪蕙如、洪媽益譯，2011，744）這裡的音標字母指標音用的符號，如 KK：[ˈprɑdjus]；拼音字母指英語詞如 product。前者標示音值，後者代替語言。

詞是「由一個或一個以上的音節所組合而成，一個音節（syllable）則是由一個或一個以上的音素所組成的音韻單位。每個音節都有核心音（nuclues），通常是一個母音（但有時也可能是具音節性的流音或鼻音）。」（347）人對音素的處理，「當人們開始利用一個符號來代表一個音素時，他們只是把直覺的語音知識形之於意識的層次而已。」（315）相似而更深入的描述是「用心智去理解的概念，而不是用來說或用來聽的聲音類別。」（同上）而概念卻屬於意義的範疇。從音素而上，英語的詞可以有兩個音節以上，發音的拼音分合（非融合為一），使得詞素音和詞素音間明朗可辨。

總結，詞的音是有特定意義的音串，是由一個或一個以上的音節組合而成。但它無法直接從詞形得音，而需從音值符號（音標）得音。其中必有核心音，音素具有辨異屬性。這音是獨立的，指單一詞音和其他詞音之間能夠斷開。

3.詞的義

Fromkin、Rodman、Hyams（引自謝富惠、洪蕙如、洪媽益譯，2011）指「知道一個詞，意味著知道某一音串所代表的意義。」（46），而音義關係是武斷的（46）。

在詞義中的詞素（morphemes）作為意義的最小單位（the minimal unites of meaning）而不是音或形的最小單位，例如 `phon-'表「聲音」這個共同意義。詞素分為詞根和詞綴。詞綴是不能獨立，需依附於詞幹（詞根）的成分。詞綴的語素成分不能單獨成詞。由此歸類，詞綴在語法中的地位比較「虛」，因為要向外依附。相對的，詞根能夠單獨成詞，及它能獨立代表意義，就算沒有詞綴來附，也能代表它自己的意義。當然，詞根、詞綴的組合結構義是就語法說的；當詞強調能在交際語言中獨立使用時，詞法就屬於語法的一部份。

詞義的人為武斷性例如 Unlockable 會有歧異，指無法鎖住或可以解鎖；這是排列組合自然產生的歧異。另一方面，習慣用法左右了複合詞的意義，例如 blackboard（黑板）可能是綠的或白的；而 peanut oil（花生油）和 olive oil（橄欖油）都是由第一個詞所指的材料製成的油，但是 baby oil（嬰兒油）卻是例外。」（Fromkin、Rodman、Hyams。引自謝富惠、洪蕙如、洪媽益譯，2011，81）從此看到，結構雖影響詞義，有時卻無能為力。因此論詞義不能疏忽約定俗成的武斷性。總之，詞的義指獨立的詞素義，或獨立的詞素義與外加成分的總表現義，但須在成俗慣例中；詞義是獨立的，而其中，詞素的獨立或附著是武斷的。

（二）英語詞獨立詞素

本研究雖著重現象探討，也不忽略詞的內部結構要素，即其內緣單

位。只有這樣，研究所得的成果，才不會名實不符或表裡不一。也就是說，要英語的那一串和漢語的那一塊，結構要素必須有其一致性。

上述音義關係、附著詞素、獨立詞素的武斷性呈現的結果，具體表現在英語的斷句、斷音。「一個人若沒有語言知識，則無法分辨一句話中有多少個詞。」（Fromkin、Rodman、Hyams，引自謝富惠、洪蕙如、洪媽益譯，2011，46）「說英語的人能輕易的把那一連串的語音斷開，……因為每一個詞都列在說話者的心理詞典，或是所謂的詞典之中（希臘文原意就是字典），也就是說話者語言知識的一部分。」（46）然而一個人的語言知識有深有淺，其心理詞典中的詞量有多有少，而且對詞的認知，不同人也會有差異。這種深、淺、多、少、差異，顯然不是斷詞、斷音的一致標準。現在只好回歸到獨立語素的性質。從上述詞根、詞綴的性質及兩者的差別，得知獨立詞素就是詞根，而且是就算沒了其他成分也能獨立表達意義的音義結合體。

（三）英語詞完整詞性

人的語言本能（the language instinct）在不考慮書寫的形時，那「神經網路精密的連結」（Fromkin、Rodman、Hyams。引自謝富惠、洪蕙如、洪媽益譯，2011，34）於音、義的要求可理解，便有了心理詞典的形。從語素到詞就是如此，從書寫符號到詞也是如此。英文的書寫符號是字母，透過字母造詞，詞有了詞性。本研究在詞彙學範疇整理英語詞的性質即其詞性於下：

具有形：獨立橫式看得見和特定意義相關的一串字母。

具有音：獨立聽得到，內含音素，最少有一個音節，和特定意義相

關的一串音。

具有義：獨立能感知，必含獨立詞素，但是在成俗慣例中，且是武斷而成的意義。

詞除了形、音、義之外，當然還有三者之間的連結關係。人發揮心理詞典的功能，結合形、音、義等詞的內緣型態，及詞的內緣單位獨立詞素成就詞：獨立看得見、聽得到、能感知，大於或等於詞素，小於詞組的語言意義單位。

詞素與詞的性質對比，有助於說明完整的詞性。因此說詞和詞素之別，請見表4。

表4 英語詞素與詞差別表

類別	項目	詞素狀況	詞的狀況
形	字串	有時等於詞字串，有時小於詞字串	可內含詞素字串
音	音的規模大小	不成音節的單音或音節音	音節音
義	義素與義位	單義素	可多義位（義項）
詞素	型態	有獨立詞素（free morphemes）和附著詞素（bound morphemes）之分	必含獨立詞素

這種詞素與詞的性質對比，也呈現在詞素為構詞而變形、變音、變

義：

　　例如 webinar（由「Google 翻譯」查詢，播放，擬音 ：KK：[wɛbɪnɑr]）是網路研討會的意思，由 web 和 seminar 拼湊而成。Web KK：[wɛb]是網、網絡的意思。seminar KK：[ˋsɛməˌnɑr] 是討論會、研討班的意思。這可說明詞素和它在詞中作為成分之一，呈現的形、音、義樣式可以不同。

　　形的不同：web 固然完整無缺，但表音作用加了後綴 i。seminar 少了 sem。音的不同：KK：[wɛb]音節被切割重組。KK：[ˋsɛməˌnɑr]少了 KK：[ˋsɛmə]，多出 KK：[ɪ]音。義的不同：web 是網路，在詞內是「網路的」；seminar 是討論會，在詞內是「什麼的討論會」（~討論會）。這是分析詞素時不能忽視的環節。

　　從上述詞素和詞在形、音、義的不同，可凸顯其特徵，作為判定是詞或詞素甚至非詞素的標準。對比原始文本的詞型與漢語的擬聲類詞，發現來源和傳播結果的差異甚大：詞，原始文本是一串，傳播結果是音流卻不是一串了。這是跨世紀以來到此為止，漢字文化的瑕疵。

　　本章首節的構詞研究釐清研究中的四個面向：無論語素或字本位，都要面對判定詞和詞素的問題；接著清楚了古今漢字結構原則相同，具有解詞一致性的條件；闡釋了詞類只屬於詞用的表現歸類，詞性才是判准是詞與否的標準。這是從與構詞有關的研究中，取主流現象（語素本位、字本位）、爭議點之一（古今漢字不同引起的字、詞爭議）、範疇問題（詞類可代表詞性嗎？）等探討而得。一方面呈現專家研究的結果，另一方面可排除古、今時間，類、性範疇不同的干擾，為往後的研究建好基礎。第二節的構詞法，從漢語產生詞這種單位的方法探討，詳述構詞趨向與各種構詞法，並點出這些方法所得成果，和本研究的目的、問題的差距，可因此思考創新方法以解決問題，並達成研究目的。第三節

是在思考創新方法之前，先尊重當下構詞所得的語詞現象：漢語擬聲類用字竟然非詞非詞素的極端現象，及英語一串獨立型、獨立音、獨立義及獨立語素的具體現象；從此提供問題的糾結點和解決問題的參照點。為此，本研究將在下一章設計研究架構及研究流程，說明資料的收集與分析，以建立解決問題的，紮實而可信賴的研究方法。

第三章　解決問題的方法

　　本書的目的既是探討和英語詞概念一致的漢字內緣詞性，便要透過詞彙學現象，比對英、漢詞彙的狀況，找出英、漢詞彙的對等關係，因而開發漢語構詞法的新境界。為此，本書採質性研究探究詞的內涵性質。因此從新、舊文獻蒐羅相關資料，分析比對，以期發現新意，並提出結論與建議。本章將先說明研究架構與流程，其次說明資料收集與分析。

第一節　研究架構與流程

一、研究架構

　　研究架構圖如次頁圖 2，下備註。現在依逆時針方向，解說各研究因子和其他研究因子的關係；先說漢語字詞關係。從語法尤其句法的階層單位說，由大而小是由句而詞而詞素而純表音符號；運用於漢語的字、詞關係，目前的認知是字的構詞結構等級大於或等於或小於詞。這種漢語字詞關係呈現的單一語詞現象，漢語是一到多塊，英語是一串；而漢字詞性內涵決定字、詞關係，但理想的字、詞關係是相等；獨立語素現象透過漢字詞性內涵間接影響字、詞關係。

　　再說語詞現象，英語語詞現象的一串，因「詞」概念來自英語而取得標準現象的地位。語詞現象因素的產生是受到英、漢構詞方法的影響；相反地，理想的語詞現象英語的一串凸顯英語的構詞法、詞的定位、析詞方法的可用性。比照英語構詞法對詞的定位，可得漢語語詞是一塊的現象。當漢語的語詞呈現一到多塊的現象時，判定少數漢字非詞非語

素而不具詞性，使得並非所有漢字都具詞性內涵；但如果驗證漢字詞性
內涵完整，更可認定漢詞現象是一塊。

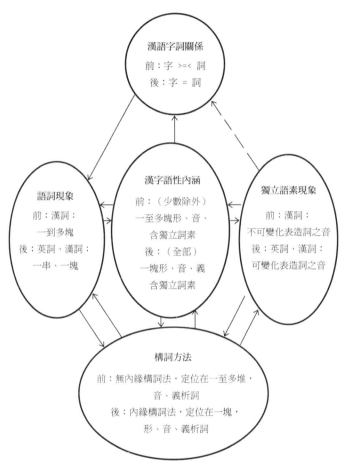

圖 2：研究架構圖

備註：

1、本研究用五個圓圈區塊代表五個研究因子，上方是因子名稱，其下是
該因子的內容；「前」代表研究前的內容，「後」代表研究後的內容。

2、本研究對這五個討論主題解說的順序是：漢語字詞關係、語詞現象、
構詞方法、獨立語素現象、漢字詞性內涵。

3、實線代表推演出或呈現出。例如從漢語詞的一到多塊推演出漢語現有
的構詞方法，而現有的漢語構詞方法又呈現出漢語的獨立語素現象。

4、虛線代表間接影響。漢語獨立語素現象可直接推衍出漢字詞性內涵，

因此間接影響（改變）漢語字詞關係是大於等於小於，或只是等於的關係。

　　構詞方法造成英、漢語的語詞現象：漢詞一到多塊，英詞一串；與獨立語素現象：漢語不可變化表造詞之音，以致必與所造詞之音同音或可與所造詞之音不同音，英語可與所造詞之音不同音。其中英語對詞的定位和析詞方法，以標準現象的來源方法而可在本研究，使漢語的語詞現象是一塊，獨立語素現象可與所造詞之音不同音。從這種詞的定位和析詞方法建立起來的漢字構詞法，希望探得漢字詞性內涵：一塊形、一音節音、獨立義和獨立詞素。

　　獨立語素現象受到構詞方法制約，而有：漢語必與所造詞之音同音或可與所造詞之音不同音；英語可與所造詞之音不同音。但如證明漢語獨立語素現象可與所造詞之音不同音，便契合英語的析詞方法而可成就漢字構詞法進而充實漢語構詞法，同時也成就漢字詞性內涵。獨立語素現象和字詞關係已如上述。

　　漢字詞性內涵與語詞現象、構詞方法、獨立語素現象的關係已如上述。當漢字詞性內涵完備，字和詞便是等於的關係了。

二、研究流程

　　研究流程如次頁圖 3。第一步驟，準備作業：第二章研究的字詞關係，首先明白語素本位和字本位的研究成果，發現古今漢字及詞類詞性兩個面向也影響構詞研究。其中無論何種本位，都對部分漢字非詞非語素的看法認同，而無視於漢字是形音義結合體的事實。這顯示作者有另闢蹊徑的需要，才可能理清字、詞關係。然而面對現代語言學產生以後，而有的古今漢字不同的論調，以及詞性偏指詞類的現象，作者在前章明

辨了，以作為研究的預備性動作。

第二步驟，探討作業：一方面探討漢語構詞法，一方面發現特殊的構詞現象：漢語的擬聲類詞、原始文本的詞型。如果不瞭解漢語構詞法，便無法知悉目前漢語構詞現象的源由。而探討具指標性的構詞現象，將助益於研究的進行。從多種構詞法體認到本研究課題的複雜性，於是直接呈現英、漢的語詞現象（構詞現象）。第三步驟，定準作業：當具有指標性的構詞現象被攤開，更方便比對、探討。要比對，得先確認原始文本的詞型，進而分析英語的詞性（型），作為參照點。

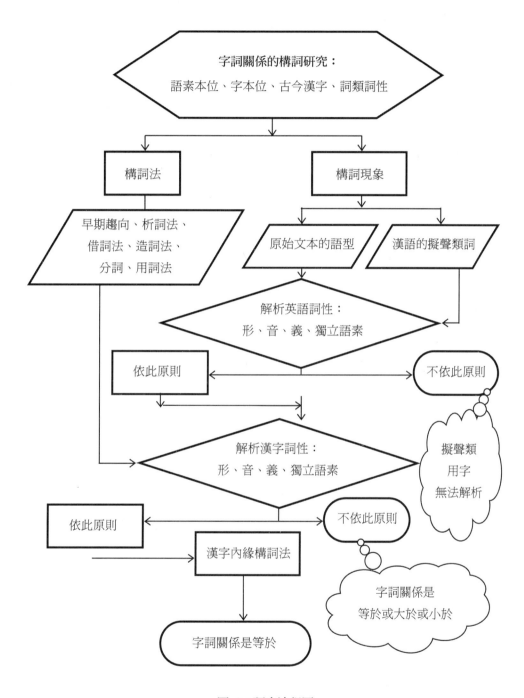

圖 3：研究流程圖

英漢構詞現象所依據的原則相同，如表 6；本表對英語詞、漢字詞

構詞綜合表現，列出六項所依相同的原則，並明示其相同的狀況。

第四步驟，抉擇作業：英、漢對比而後擇取英語構詞原則。英語詞、漢字詞的構詞綜合現象不同，但該現象所依據的原則卻相同。綜合現象不同如表 5；本表從詞的形、音、義，及語素變化、析詞路徑，進行英、漢對比。

表 5 英語詞、漢字詞的構詞綜合現象對比表

類別＼項目	形	音	義	語素為構詞而形、音、義變化	析詞路徑
英語詞	一串	一串音流	多由音得獨立義	較少	多從義而音而形
漢字詞	一塊	一塊音節	多由形得獨立義	較多	多從義而形而音

表 6 英語詞、漢字詞構詞綜合現象所依原則相同表

項次	所依相同的原則	相同狀況
1	詞對比其內語素量	一對一至多
2	詞義	獨立性
3	析詞路徑的首項	義
4	詞形	用一串、一塊和外界分隔顯出獨立性
5	詞音	心理詞典的音型顯出獨立性
6	語素為構詞而變化	英、漢皆可變

　　這可說明本研究依循英語詞型定位漢語詞型，而漢語詞型可依循英語詞型的合理性。

　　漢語的擬聲類詞用字如果不依循這參照點解構，還是無法解決純表音符號卻是形、音、義結合體的矛盾現象；如果依循這參照點，便可先調整漢語詞的定位在單一漢字上，進一步為解析漢語詞而解析漢字詞性，應當可得一串形、音節音、獨立義，及獨立詞素等內涵，為漢語詞定位到一塊而不是多塊為止。

　　第五步驟，發現作業：運用適合漢語的方法解析漢字詞性，而且歸於音義結合體的獨立語素；解析的過程不同，結果卻可合於參照點的要求；即得和英語詞概念一致的漢字內緣詞性。

　　第六步驟，抉擇作業：擇取英漢概念一致詞性的取得原則，即漢字內緣構詞法作為漢語構詞的方法。

　　第七步驟，討論作業：漢字內緣構詞法能夠呈現字詞同體，於是字就是詞，詞就是字，兩者的關係便是等於了。

　　和研究流程息息相關的是研究準則。研究準則指研究的技術原則。本研究的技術原則有：一、現象先於方法，二、漢詞依於英詞，三、少數補強多數，四、原則大於路徑。

（一）現象先於方法

　　本研究試圖遵循劉世閔（2006）所述「現象學以生活世界的基本結構為模本」（167），以目前漢語詞彙的基本結構為基礎研究之。即從漢語本有的「習慣和規則」（何九盈，2000，110，引黎錦熙，1924）進行。然而，「為了袪除存在的預設，拋棄先入為主的觀念，就要進行還原、存而不論，……因此需透過動態過程深入瞭解其意涵。」（劉世閔，2006，

167）採取觀察所得的現象，其影響力重於構詞法。

　　現象重於方法的另一焦點是古今漢字同構。古、今漢語構詞的狀況固然不同，但漢字的結構原理相同。古今漢字相同的現象重於構詞方法的現況。因為古今漢字相同的現象可以供做探討「詞」單位的基礎，構詞方法的現況只是目前運作的情形。目前漢語詞彙的基本結構所呈現的漢語「詞」，無法滿足作者由英語「詞」概念而來的標準，因此作者重視那個可供探討詞單位的基礎──古今結構原理相同的漢字。這是本研究析詞要從那一串鑽研的緣由。因此我們定位在那「一串」，而不是兩串（以上）的集合。就從單一漢字那一串的形、音、義以及那一串的結構探究。

（二）漢詞依於英詞

　　既然重新探詢漢語的詞型態，而英、漢接觸後詞型態的標準在英語詞。因此本研究依英語詞的型態判准漢語詞的型態。最明顯的現象是由英語詞的獨立性而要求發現漢語詞的獨立性，以達到英、漢語詞在語言學地位對等的目標。

　　漢詞依於英詞的這一準則也考慮到語言的共性和個性，因此漢詞並非盲目地依從英詞。研究中，充分尊重英語語言學的詞必含或等於獨立語素，詞素是最小音義結合體，詞的型態除了音義又有書面語形式，詞素在造詞前後的變化，等語言共性。但也未忽略漢語的個性：拼融而成單音節的字音，顯性及隱性的表音機制，漢字具有形、音、義缺一不可的結合天性，構形成份往往本含音值（形聲字的聲旁），等漢語的個性。這樣的依，才是平等比對、依從原則、不失本位的交流呈現。

（三）少數補強多數

關鍵少數可以補強典型多數。關鍵少數指漢字分類中的擬聲類用字，典型多數指漢字分類中的非擬聲類用字。非擬聲類用字已被認為是單字詞，本研究對這兩類用字探究詞性，而非只就擬聲類用字探究詞性。擬聲類用字的詞性現象補強非擬聲類用字而使所有漢字同現詞性。

（四）原則大於路徑

這說語詞獨立及析詞向下的原則，大於語句音流和語詞音數的路徑。語詞獨立的原則及析詞向下的原則；這兩個原則全由英語詞來；它更深入於（更大於、更重要）斷詞所依的語句音流路徑（如「今天的天氣很好。」有七音成一音流。），及析詞所依的語詞音數路徑（如「琵琶」因被歸類為擬聲詞而只被認定有一個詞素，雖然它有兩個音節）。獨立原則指漢語詞的標準型態：一塊、一音節、漢詞義；這獨立的型態不同於一串、音流、英詞義。向下的原則指對那一塊、一音節、漢詞義向下解析；因此以形探究為主、單音詞呈現多詞素，不同於以音探究為主、多音（音流）詞才呈現多詞素。而原則是根基，是路徑、方法產生的依據。上述路徑在音流和音數，而本研究論詞以形探究為主；詞由西方的語言學而來，當然要從語言來說；但漢語的詞與漢字形的關係，比英語密切許多；所以也要從文字來說了。

呂叔湘（1983）對漢語語法研究的成績較差表示：「很可能就是因為套用現成結果多了些，鑽研方法少了些。」（引自何九盈，2000，8）刑公畹說：「就先進的西方語言科學能夠『移植』講來，說明傳統的中國語言學具有可以接受這些先進理論的『內因』。」（同上）兩人的意見對本研究可以起到鑽研方法，發掘內因的啟示。何九盈（2000）說：「漢字是世界上壽命最長、使用人數最多的方塊形語素文字。」（39）

這些方塊形語素文字，依本研究的方法探討，可知全都是獨立語素方塊字及單字詞。他將「方塊形」和「語素」緊密相鄰，是可貴的現象。

本研究以英、漢獨立的「一串」、「一塊」同等的基礎研究。米勒（1996）提到「每種語言都有語音的部件、詞彙的部件以及文法的部件，……這些部件又可以當成完全分離的東西，……每個（部件）都需要不同理論來解釋，而這些理論彼此之間是沒有任何關連的。」（引自洪蘭譯，2002，63）這可說明從漢字論詞而暫不涉及句法（語法）及不全依循英式解詞理論的可行性。因此，漢字構詞法更深入更大於目前漢語的五大構詞法，是正常的現象。

這些研究準則所以被高舉，乃因「既有的方法論與透過這些方法論仍無法被妥適研究之議題間產生了缺口，適當性原則遂與質性研究建立起關連性。」（Flick，2010，張可婷譯，6）固然本研究不是從量性研究的不足出發，但既有構詞法和從本位出發的研究，都無法解決現存的問題，因此提出準則適當性原則，以符合研究倫理，並明示研究關鍵所在。

第二節　資料收集與分析

一、資料收集

　　資料收集以四部分呈現：收集順序、收集的需要性、收集內容、收集數量。前三者請見表 7，後又補充說明；接著詳述收集數量。

表 7 資料收集的順序、需要性、內容表

收集順序	收集的需要性	收集內容
1	瞭解漢語語詞的面貌及結構。	語詞及對該等語詞在語法上的說明，包括對八段錦招式名稱的分詞資料。
2	探討漢語詞彙的理論架構與精神。	探討該等詞彙的理論資料。
3	闡明古、今漢語、漢字、構詞研究的演變。	以往學者的研究資料。
4	說明不同出發點的研究成果。	語素本位、字本位的資料，作者的分詞資料。
5	溯本探原抓住標準。	英語語言學的資料，包括英語文本及華文譯本。
6	揭示英、漢語詞型差異的成因。	漢語構詞法資料。

7	舉例證實漢字的詞性。	分類所得漢字，尤其「和」……字等解析的材料。

收集順序受制於研究需要與進程，實有跳躍、轉折的情形。例如語素本位、詞本位、字本位之外的詞組本位、句本位被省略，而直接跳躍到其他主題。乃因詞組本位、句本位呈現的詞現象和語素本位無別，語素才是眾人論詞的焦點。從英語語言學的資料，轉折到漢語構詞法的資料；係因困惑於英、漢詞型大不同，轉向構詞法鑽研，以明瞭成因。

收集內容受制於研究範疇。本研究只針對詞彙學的詞性論述。葛本儀（2001）認為，詞彙包含「所有的詞的總匯，和所有的相當於詞的作用的固定結構的總匯。」（4）固定結構例如成語、慣用語。如「囫圇吞棗」的詞類歸屬已經不定，它是擁有幾個層次的複合詞或詞組也難分。此等屬於「說辭」的固定結構，不在收集之列。而收集所得，在漢語語言學特有成果的學者，眾多而各具特色，因僅間接關於研究主題，於此只能點到為止以補充呈現：何九盈（2000）指黎錦熙「是建立完整的、系統的現代漢語語法體系的第一人。」（116）並指黎錦熙「提出了『句本位』的語法思想。」（123）；認為這都是黎錦熙的新創。他並指陸志偉的「同形替代法」是個創新。何九盈（2000）指王力（1938-1939）的「謂語三分法得到語言學界的廣泛肯定。」（133）又指呂叔湘是「近代漢語歷史語法研究的開路人」（同上）。

收集數量受制於研究效度。資料型態上，文章的收集數量如參考文獻所述，特別說明的是：探討原始文本的詞型所依的英語文本，以Aronoff（1976）、Fromkin , Rodman , Hyams （引自謝富惠、洪蕙如、洪媽益譯，2011）的資料為主，加上相關的譯本；照顧到不同時間的理

論呈現，及不同學者的觀點。在更深入的層面，實務上不可能將所有漢語的文字——漢字羅列證實，因此採取關鍵性的研究方法，以目前認定的「非詞」類別，含「少量雙音節語素，如『婆娑』、『孃孃』。」（高守剛，1994，11）抽樣論述。因此舉例的取字，以能左右多音擬聲詞的單字，而少以所謂已經「獨立成詞」的字爲例。將這些字作爲研究用的指標字。這樣可以有一針見血的效果。這個目的很明顯，即爲「擬聲詞」中的單一漢字發聲，也爲「部分非詞」翻盤。由此而得漢字詞性的研究效度，畢竟高於漫採衆例又無法遍及的結果。

　　萬藝玲、鄭振峰、趙學清（1999）在其複音詞中的單純詞分類，含連綿詞、疊音詞、譯音詞、擬聲詞；又說：「構成連綿詞的兩個音節之間往往有雙聲或疊韻的關係。」（38）疊音詞並不盡然屬於本研究的擬聲類詞，例如「天天」是疊義成複合詞，因此本研究將疊義的疊音詞歸於非擬聲類用字。趙元任（1979）說：「用兩個或更多的音節來代表一個最小的意義單位，在漢語裡是比較少的。」（79）楊錫彭（2003）說：「漢語中絕大多數最小的意義單位在語音形式上是音節，所以字在大多數情況下代表了一個最小的語言單位。」（25）漢字既與音節相等，兩人所說便表示：多數單一漢字可代表一個最小的語言單位，較少漢字需兩字以上才能代表一個最小的意義單位。因此，作者先依竺家寧（2009）對聲音造詞的分類，把那少數字即連綿詞、音譯詞、擬聲詞等的內含字，歸爲一類，以「擬聲類用字」呼之。其中連綿詞又稱聯綿詞、連語、璉語；擬聲詞又稱摹聲詞、象聲詞、狀聲詞；音譯詞指外來詞。另一類便是「非擬聲類用字」。在「擬聲類用字」中，因廣義「連綿詞」例如「崢嶸」的取義成分一般比音譯詞、擬聲詞高，而且擬聲詞及其別稱摹聲詞、象聲詞、狀聲詞，都有「聲」字。爲凸顯該類主要發揮聲音的作用，因此以是否爲「擬聲類」爲分類的標準名稱。

　　固然將漢字分類成擬聲類用字和非擬聲類用字，無法同時全面適用；因為擬聲類用字除非有特別規範例如造句配合語境時，否則用字可不定，只要同音便可用。而且一個字，既可以是擬聲類用字，也可以是非擬聲類用字。例如「特」在「卡特」中是擬聲類用字，在「特別」中屬非擬聲類用字。雖然如此，本研究依研究需要而探字，合於象形、指事、會意、形聲等構字方法的字，分別舉例代表如下：水屬象形、下屬指事、武屬會意、湖屬形聲。這樣可以說明這些字既從傳統字法來，也可以用現代語言學解析。

　　本研究依研究流程所需，從擬聲類詞及非擬聲類詞取其用字，所舉漢字一百個（已扣除兼類重複而多出的字），六十個屬於非擬聲類用字（含兼類用字），對照於佔絕大多數的漢字；五十二個屬於擬聲類用字（含兼類用字），對照於較少數的漢字。非擬聲類用字在本研究之前已經被認定為單字詞，本研究的六十個字只從不同角度即再向下分析詞性，作為它已經是詞的佐證。擬聲類用字被認定只表音，本研究的五十二個字固然也為從不同角度即向下分析詞性，但作用更廣：一、明示其可分析，二、顯示其有意義，三、展示其能獨立。五十二個字包括模擬事、物的象聲詞、外來語言的音譯詞、聲或韻關連於該詞的連綿詞。其代表性已具足於擬聲類用字。

　　茲將本研究提及的漢字依此分類，如表8：本研究所用漢語舉例字表。其中對非擬聲類用字的實字、虛字，及擬聲類用字的分類，以本研究使用當時為準。

表 8 本研究所用漢語舉例字表

序號	非擬聲類用字		擬聲類用字	對本研究的主要功用
	實字	虛字		
1	湖			以文字構詞法說明語素。
2	胡			作為語素，但也進一步向下解析。
3	水（氵）			作為語素。
4			琵	解說語素，說明詞性。「琵鷺」單用。
5			琶	解說語素，說明詞性。
6		的	的	說明虛詞不「虛」。「的的達達」，呈現擬聲類用字單字累積成多音詞。
7		啊	啊	說明虛詞不「虛」。說明擬聲類用字外構成他詞。
8	緣			解釋「內緣詞性」。
9			潺	「（雨）潺潺」，呈現擬聲類用字單字累積成多音詞。
10			蕭	「（風）蕭蕭」，呈現擬聲類用字單字累積成多音詞。
11			咻	說明借「休」音而成詞。
12			達	「的的達達」，呈現擬聲類用字

				單字累積成多音詞。
13			呵	「呵呵（大笑）」，呈現擬聲類用字單字累積成多音詞。
14			關	《爾雅》的詞條條目，有單字，有多字；多字的例如「關關嚶嚶，音聲和也。」呈現擬聲類用字單字累積成多音詞。
15	模		模	「模」特──名模──車模；說明詞性表現的變動性。說明擬聲類用字的語素、詞性、語用。
16	武			說明內緣詞的字元類別。屬「會意」的「武」是「多元詞」（止戈為武）。
17	人			說明內緣詞的字元類別。屬「象形」的「人」是「一元詞」。
18	天			以「天下」說明外構詞。
19	下			以「天下」說明外構詞。
20	卅			說明內緣詞。
21	甫			說明內緣詞。
22	三			以「三十」說明外構詞。
23	十			以「三十」說明外構詞。

24	不			以「不用」說明外構詞。
25	用			以「不用」說明外構詞。
26	快			說明語素形的變體。
27			怞	展示其他學者的意見。
28			怩	展示其他學者的意見。
29			噹	展示單音擬聲詞獨立成句。
30	和	和	和	說明首例呈現的內緣詞性成分。
31	信			說明內緣詞形的佈局。
32	們			呈現又是獨立語素又是詞綴又是詞的現象。
33	林			說明英語為結合成詞而變形。
34	瘋			說明英語為結合成詞而變形。
35	狂			說明英語為結合成詞而變形。
36	輾		輾	解說可以分訓。
37	轉		轉	解說可以分訓。
38	子		子	解說單字詞的語素義。
39	孑		孑	解說單字詞的語素義。
40			玲	說明古典的字本位表述。
41			瓏	說明古典的字本位表述。

42	廉			說明漢字發音的滑融現象。
43	非			說明漢字的音變現象。
44	卡		卡	舉例顯性表音、隱性表音。說明「卡的」略為「卡」。
45	派		派	舉例顯性表音、隱性表音。
46	珏			說明「珏」作為「琵」的獨立語素，沒有絲毫勉強的成分。
47			顛	說明同音的語義同一性。
48			沛	說明同音的語義同一性。
49			梵	說明擬聲類用字語素、詞性、語用。
50			剎	說明擬聲類用字的語素、詞性、語用。
51			特	說明擬聲類用字的語素、詞性、語用。
52	睢			說明非擬聲類用字的語素、詞性、語用。
53	鳩			說明非擬聲類用字的語素、詞性、語用。
54	癌			說明字義變化。
55		老		辨詞根或詞綴及其意義。
56			杯	說明英語詞中的純表音符號。

57			葛	說明英語詞中的純表音符號。
58			麻	說明漢語雙音化。
59			糜	說明漢語雙音化。
60	明			解說複合詞的人定性質。
61	天			解說複合詞的人定性質。
62	我			和 We 並列分析語素。
63	們			和 We 並列分析語素。
64			幽	說明能否分訓。
65			默	說明能否分訓。
66	枼			舉例訛變。
67	窗			說明可拆來表示完整義。
68	戶			說明可拆來表示完整義。
69	甘			說明可拆來表示完整義。
70	蔗			說明可拆來表示完整義。
71	交			說明加偏旁構成其他字的例子。
72	詞			為漢字內緣構詞法舉例。
73	紅			說明詞用的意義一致性。
74	白			說明詞用的意義一致性。
75	花			說明詞用的意義一致性。

76	子			說明音變造詞。
77	光			說明義變造詞。
78	越			說明縮略。
79			碰	說明擬聲類用字外構成他詞。
80			啊	說明擬聲類用字外構成他詞。
81			咚	說明擬聲類用字外構成他詞。
82			恰	說明擬聲類用字外構成他詞。
83			滴	說明擬聲類用字外構成他詞。
84			答	說明擬聲類用字外構成他詞。
85			鈴	說明擬聲類用字外構成他詞。
86			溜	說明擬聲類用字外構成他詞。
87			噠	說明擬聲類用字外構成他詞。
88			呦	說明擬聲類用字外構成他詞。
89			呀	說明擬聲類用字外構成他詞。
90			嚕	說明擬聲類用字外構成他詞。
91	果			顯示字內序列的意義差別。
92	杏			顯示字內序列的意義差別。
93	舊			引簡化字說明構字不離原則。
94			崢	舉例連綿詞。
95			嶸	舉例連綿詞。

96	走			加綴「卜」成新詞「赴」說明漢字義的獨立性。
97			倩	以音表義。以音表義。
98			青	以音表義。以音表義。
99	相			引出漢字內緣構詞法。
100	沙		沙	說明詞性表現的變動性。

　　總述以時間為軸的收集過程。一、資料收集期間：民國 99 年 8 月到 103 年 2 月。二、資料收集地點：1、資料通路：網路、報章、書籍、雜誌、社會現象。2、靜態地點：圖書館：高師大、國泰霖園、文化中心、旗津、台東大、東華大、花蓮市。動態地點：教室、家裡、書局、旅遊行程。三、資料收集主題：八段錦招式名稱的語用功能研究、「和」字建構的教學啟示、醫、病對話的語言學解讀——以癌末個案為例、漢字詞性的展現——以內緣詞為範疇、擬聲類用字的內緣詞性、從詞彙現象與構詞法論漢字內緣構詞法的需要性、論漢字的內緣詞性。收集後再分析：過濾、取用、創發、編輯。以下說明資料分析。

二、資料分析

　　本著作的兩個研究問題是：一、英語的詞概念為何且具有何種特徵？二、與英語詞概念一致的漢字內緣詞性為何？本研究所收集的資料作為英、漢對比的素材，恰如何九盈（2000）說的「對漢語特點的深刻揭示，也只有在中外語言相比較的基礎上才可望有一個滿意的結果。」（10）本研究可透過比較而得詞概念的特徵。

　　至於漢文字與英語詞的一致性，除了比較、核對，還有構念、創新

的作為。構念、創新而探求一致性，勢必從語言共性的高度觀察，才能得出合理的結果，才不會縛於外象，限於窠臼。因此本階段既要從原始文本觀照英語的詞型，又要從華語學者的見解取用可行的內容，例如廖才高（2005）的字詞同體、周祖庠（2011）的字元。

本研究的資料與研究問題的關連，如表9。

表9 本研究所用資料的類別與問題關聯表

資料類別	性質	關連於要解答的問題
探討漢語詞彙的資料如語素本位、字本位、構詞法。	構詞研究。	英語的「詞」概念為何且具有何種特徵？
英語語言學的資料。	原始文本的詞型，構詞法及解構的材料。	英語的「詞」概念為何且具有何種特徵？ 和英語詞概念一致的漢字內緣詞性為何？
本研究使用的舉例材料即漢字。	構詞法尤其解析詞性的材料。	和英語詞概念一致的漢字內緣詞性為何？

以下詳述分析原則。本研究參酌周慶華（2000）「意義生成的心理機制和意義衍變的本體論特徵」（38）進行論述，因此從認定的詞單位中提取語素，對其意義的認定，便發揮作者心理機制的主觀效能。這符合人作為語言主體的職分表現。

決定研究單位：從作者在句法範疇為八段錦的招式名稱分詞，及其

中每個字都是詞的現象，作者決定研究單位是：當要研究「華語文教學是一件令人興奮的事。」這句話，由上向下的分析研究法是，先將它分成「華語文教學」、「是」、「一件令人興奮的事」，再進一步分析，直到除「華語文」、「教學」、「興奮」是多音詞外，其他都是單音詞。本研究再進一步採用由上而下的分析研究法，直到每個漢字：「華」、「語」、「文」、「教」、「學」、「是」、「一」、「件」、「令」、「人」、「興」、「奮」、「的」、「事」，才判定爲本研究的研究對象單位，並由此對每一漢字向下（內）分析。上述分析資料時，不以目前語言學界分詞的標準爲標準，而以本研究所得的結果爲標準。這在發揮研究效能，以便進一步實證。

　　析詞（詞素）的方法與詞性的判定標準：作者對「和」字的析詞所得，促使進一步引用原文書的意旨爲主，再類比於漢字，看漢字是否符合標準。因此藉助於華人的撰、譯作品，並以原文著作進行必要的對照。因此分析材料在解析詞性內涵時，重視英、漢詞型對照、詞音對照、義素對照。

　　語言主觀的職分表現之一是，義在最先的原則，在本研究是確定的。墨子所謂「以辭抒意」（《墨子小取》）近於古人「有諸中」才「形於外」；是先在心中有了概念、意涵，才形之於語音，再見之於字形的順序。這是語言、文字的發展順序，在分析資料解詞時要把握義在最先的原則。義之後，接音再形，或接形再音，就要看各種語言（例如以音表義文字或以形表義文字）或情境（例如手語情境）各自運作的情形了。

　　許逸之（1991）主張「討論中國語文還是把語言與文字分開來說」（250）；然而從語言、文字起源說，施建平（2013）引黃龍保指真正意義上的人類語言即概念語言，其「基本元素是詞」（83）。作爲語言基本元素的，西方語言學的「詞」是從音、義入手，（字）形只居書面地位；但詞卻是一串的型（型或音）。而在當下的語言世界，人大多要透過虛

擬的網際網路顯示詞（書面）形；再說，詞（書面）形在心裡辭典的運作，說明它的不可無。因此本研究論詞，便由形、音、義這些「語言建築材料單位」（劉叔新，1984，70）也是文字的建築材料入手分析。這是語言、文字合併來說，但最後都歸於「音、義結合的詞」，以符合參考基準（英語的詞概念）的要求。

綜合資料分析及上述的研究準則，本研究對詞分析判准的先後順序是：一、定位「詞」單位；二、對詞的內緣型態及內緣單位分別解析；三、對形、音、義的解析由義優先判定再判定形或音；四、對語素的階層定位由高至低即由大至小而以構詞現象（單一漢字型態）為解析詞素的基準，以達到助益於認識該詞為目的而非必求其最小詞素。本著作期盼透過把握原則，依照順序，抓緊文本，循序漸進，掌握關鍵的方法，解決：一、英語的詞概念為何？二、和英語詞概念一致的漢字內緣詞性為何？等兩個問題，才能進一步為漢字文化升級。

補充說明：藍世光（2013）論擬聲類用字的內緣詞性，在當年十一月刊出，作者二零一四年一月二十三日收到書籍；而該研究資料已散用於相關章、節和單元中。作者將在以下論述時增加引述的文獻來源（藍世光，2013，72-82），以符合學術規矩，且方便讀者參閱。本研究的重要性，參酌該文的「需要內緣詞的理由」再創發；漢語的擬聲類詞，參酌該文的「對擬聲類詞文獻探討」再創發；語素本位現象及析詞法，參酌該文的「對解析語詞文獻探討」再創發；漢字屬性，參酌該文「對漢字屬性文獻探討」再創發。又，原始文本的詞型，參酌該文「完整外來的詞性」再創發；外來詞的概念為何且具有何種特徵，參酌該文的「外來詞建立的考慮因素」再創發。本研究的發現與討論中的漢字詞性建立的考慮因素，參酌該文的「內緣詞建立的考慮因素」再創發。對該研究的進一步意見，請見下述對「語符」的論述。

第四章　發現漢字新大陸

　　對非美洲原住民而言，美洲確實是發現的新大陸。文化的新大陸可以在漢字，因為每個漢字的詞性很豐富，作者發現漢字詞這塊新大陸。依循上述對詞分析判准的先後順序為詞定位所得，可依英語詞的一串，從句中類比出漢語的一塊即單一漢字。這塊漢字類比於英語詞，便該擁有豐富的內涵。這些內涵，便是中、外學者論漢語的詞彙時，極少重視的漢字新大陸。

　　因此本章先呈現作者的發現，以回答第一個問題：英語的詞概念為何且具有何種特徵？其次說明漢字的內涵，再向下解析其內緣型態及內緣單位，即詞性，以回答第二個問題：與英語詞概念一致的漢字內緣詞性為何？再其次透過傳統語詞、字的使用及英漢構詞法對比，以驗證本著作的發現之可行性。

第一節　從漢文字、英語詞而來的發現

一、分詞、析詞的新嘗試

　　分詞析詞係指作者的分詞、析詞作法，這是研究八段錦和「和」字建構的發現。作者以語言主體——人的身分從句分詞，其中對詞義的認知是自然的，解構語詞也依循傳統構詞法；但卻發現傳統構詞法有所不足，因此以此研究，提出探討。探討順序是先分詞再析詞，以符合由上而下的原則。申論的過程含構詞研究中不排除的歷時研究，因此擇要列出，以明論述歷程。

　　分詞部分以八段錦的招式名稱爲對象，析詞部分以「和」字的建構爲對象，然後進行綜合性探討。因爲是從句分詞，八段錦的每個招式名稱都是句子，符合分詞多例的需求。又因爲是從單字析詞，「和」字有擬聲類用字及非擬聲類用字的屬性，細論它便能滿足本研究的觀照面。

（一）分詞

　　八段錦招式名稱的八句話是兩手拖天理三焦、左右開弓似射雕、調理脾胃須單舉、解勞袪傷往後瞧、搖頭擺尾去心火、雙手攀足固腎腰、攢拳怒目增氣力、背後七顛百病消。以下開始分詞。

　　先論句式，以免語義分歧而分詞錯誤。八句全是主謂句，其中又分三類：1、陳述句：如「解勞袪傷往後瞧。」、「兩手拖天理三焦。」、「搖頭擺尾去心火。」、「雙手攀足固腎腰。」、「攢拳怒目增氣力。」、「背後七顛百病消。」2、表態句：「左右開弓似射雕。」3、祈使句：「調理脾胃須單舉。」

　　分出詞組類型：1、主謂詞組：兩手拖天、雙手攀足、百病消。2、能願詞組：須單舉。3、動賓詞組：理三焦、似射雕、調理脾胃、去心火、固腎腰、增氣力。4、偏正詞組：左右開弓、往後瞧、背後七顛。5、聯合詞組：解勞袪傷、搖頭擺尾、攢拳怒目。

　　接著分詞及其構詞類型：1、偏正式複合詞：兩手、三焦、單舉、心火、雙手、七顛、百病。2、動賓式複合詞：拖天、開弓、射雕、解勞、袪傷、搖頭、擺尾、攀足、攢拳、怒目。3、並列式複合詞：左右、調理、脾胃、腎腰、氣力、背後。4、支配式複合詞：往後。5、單純詞：理、似、須、瞧、去、固、增、消。6、將複合詞分解成：兩、手、拖、天、理、三、焦、左、右、開、弓、似、射、雕、調、理、脾、胃、須、

單、舉、解、勞、袪、傷、往、後、瞧、搖、頭、擺、尾、去、心、火、
雙、手、攀、足、固、腎、腰、攢、拳、怒、目、增、氣、力、背、後、
七、顛、百、病、消等單純詞。

　　將複合詞分解成單純詞，是作者依上述原始文本的詞型，抓住漢語
相對於英語的原則，而得：漢字詞的形是方塊的形，漢語詞的音是音節
的音，漢語詞的義是獨立的義；分析所得。這是作者用英語詞的概念，
爲漢語詞定位的行動表態：先依句法分詞；再依詞法找出每個詞。

（二）析詞

　　上述分詞而得每個單字詞，析詞的基準點就此定位。從單字詞析詞
──探討詞的內部結構，即探討詞性。本研究無意對上述八句共五十四
個字析詞，但上述的分詞過程，明顯由上而下，從句到字。接下來析詞，
以研究「和」字的建構爲藍本，先論「和」字的形、音、義，包括析詞
研究中不排除的歷時申論；再綜合解析出獨立詞素。

　　1.「和」字形的建構

　　從王玖莉（2008）、Sears（2011）、左亞文（2009）、李宇明（2005）
等人的研究，無論「和」的字體是𥝌、𪉶、𥤝、𥝌、𥝌、𠯍，或字形
是「龢」或「咊」或「和」，都顯示它是個方塊單位。從這三字並存及
對簡化字的改進（恢復「龢」的使用），凸顯漢語分析單字詞很需要從
形論述，才不會只停留在單音單語素的表象，而留下析詞是否已足的遺
憾。

　　2.「和」字音的建構

　　依王玖莉（2008）、鄧小琴（2007）、教育部國語推行委員會（2007）
研究及呈現的，當今「和」字共有六個音。其注音一式及漢語拼音見表

10。

表 10「和」字音表

表音系統＼序號	1	2	3	4	5	6
注音一式	ㄏㄜˊ	˙ㄏㄨㄛ	ㄏㄜˋ	ㄏㄨㄛˋ	ㄏㄢˋ	ㄏㄨˊ
漢語拼音	hé	huo	hè	huò	hàn	hú

「和」的六個音節音（含很多義）地位相等，是「以他平他」（左亞文，2009，84）的現象，即不因意義範疇的大小而有別。而異音的辨義作用反而更強，因此僅就音而言，「和」字可有六個詞素。

3.「和」字義的建構

左亞文（2009）、羅傳清（2008）、雷繡碚（2009）、陸中發（2009）楊慶興（2009）、蒲鎮元（2010）、羅傳清（2008）、李宗超（2010）、閆文娟（2010）、遊浩雲（2010）、鍾華（2007）等位學者對「和」字義的論述各擁特色。

當今「和」字義，依教育部國語推行委員會（2007）從不同讀音及詞類所示：

「ㄏㄜˊ」（hé）音的義項（義位，以下同此。）有：當名詞時：一、各數相加的總數。二、適中、恰到好處、剛柔並濟的常道。三、和平、停戰。四、日本的別名。五、姓。當動詞時：一、敦睦、調諧。二、連同。當形容詞時：一、溫順的、安詳的。二、溫暖的。當介詞時：對、

向。當連詞時：與、跟。

　　ㄏㄜˋ（hè）音的義項有：1、聲音相應。2、依原詩格律或內容作詩以酬答他人。

　　ㄏㄢˋ（hàn）音的義項有：連詞「和」之語音。

　　ㄏㄨˊ（hú）的義項有：牌戲中牌張已湊齊成副而獲勝稱為「和」。

　　ㄏㄨㄛˋ（huò）的義項有：攪拌、混合。

　　ㄏㄨㄛ（huo）的義項有：溫暖的。

　　扣除其中音異義同的一條，「和」字總共有十六個義項。縱然不論書面形式而僅在心理詞典中，這十六個義項是完整獨立的。

　　4.獨立詞素

　　從內部的形、義關係論述「和」（龢）是獨立詞素：「龢」、「咊」、「和」字本身有音，裡面有樂器或聲音、稻禾，用稻禾的聲音表示樂器發出美妙、和諧旋律的概念。這音義兼具的獨立單位是獨立詞素。

　　從內部的音、義關係論述「和」（龢）是獨立詞素：「和」字向外建構的音譯詞例如和尚；教育部國語推行委員會（2007）並沒對用於「和尚」的「和」字解釋。但在諸多「ㄏㄜˊ」音字中，偏偏用了「和」字。當「和尚」被解為「以和為尚的人」，便轉入更深層的佛教品德人物。重要的是，音譯詞內的「和」成就「和尚」的詞音。如此建構成「和尚」的意義，它在此的功用是譯音、表音，不多表義。然而重要的是，「和」字本身是有義的，這個音義結合體在構成多音的詞裡，缺任一單音便不成其義（縮略為單音以表多音是另一回事），因此「和」字是獨立運用了。無論從形、音、義或音、義結合，都看出「和」作為詞素的獨立性質，即「和」是獨立詞素。

　　由對「和」字的探討，看見漢字溯源對探究詞素的可貴處。關於漢字表音，與例如「和尚」音譯詞的表述，對本研究提供紮實的理論與現象的基礎。總的說，作者分割漢語句中的合成詞，並從解構「和」字出發，爲漢字的詞性開啓更寬廣（不只詞類而已）、深入（詞性作爲詞用的基礎）的論述。這種分詞分到漢字才止，及對漢字向下分析的發現，「和」竟和英語的詞概念，似乎存在接軌的可能！即獨立形、獨立音、獨立義的構型。

二、英語的詞概念為何且具有何種特徵

　　以上是從漢文字而來的發現，激發出將單一漢字對比於英語詞型的動力。這裡要說從英語詞而來的發現：上述原始文本的詞型，及英語詞彙體系建立的考慮因素。原始文本的詞型可分析現象以論述英語的詞性。和現象緊密相關的是「詞」的定義；現在先說「詞」及「詞素／語素」的定義。以它爲基礎，再挖掘、發現詞彙體系建立的考慮因素，以彰顯外來「詞」概念及其特徵。

　　和 Fromkin、Rodman、Hyams（引自謝富惠、洪蕙如、洪媽益譯，2011）的說法（一串前後的空格）有異曲同工之妙的是，米勒（1996）對詞的定義：「字是在兩個空間之間所印的任何字母序列，在這些字母之間沒有空間相隔。」（引自洪蘭譯，2002，60）他指出這裡的「詞」「僅對字母的書寫語言有效」（同上）。如果他指的是以英文字母書寫的英語，那麼漢語便不在其內，因爲漢字的呈現並不是字母序列；但如果就此而說兩個空間之間，漢語目前被認定的多音單純詞，如「你的幽默化解了危機。」的「幽默」，其前後並沒有與其他成分（你、的、化解、了、危機）足可堪辨別的兩個空間。可見將「幽默」訂爲單純詞是不正確的，因此，所有多音單純詞及多音派生詞（另外兩詞複合的多音合成

詞本已被認可再向下分解）都可再向下（內）探討、尋找那兩個空間。固然米勒（1996）的說法在當時未必是英語語言學的主流，但有了 Fromkin、Rodman、Hyams（引自謝富惠、洪蕙如、洪媽益譯，2011）在後表態，及隨處可得的句子如「I love you.」中 love 前後的空格（空間），可輕易得知詞型的獨立性了。

在不考慮書面語（書寫語言）的情況，從音、義來說，透過人的心理詞典對聲音、意義的感知，米勒（1996）指「字是一個最基本的自由型態」（引自洪蘭譯，2002，60）。他說這型態（指詞）是有意義的單位，而且不需要依附到其他型態上便可以獨立存在。這樣論述是明確的，但他把詞的使用納入是否為詞的辨別中，因此有回答「一個醫學院教授會如何稱呼你的手腕？」的正確答案是「carpus」，是最小自由形式，是「一個可以被接受的句子」（引自洪蘭譯，2002，62）的結論。米勒為說明所舉的例句，至少包含三個語境：一、語言主體語境（一個醫學院教授），二、事件語境（會如何稱呼），三對象語境（你的手腕）。缺少任何一個語境，carpus 都不能成句。因此，詞能否成句必受語境左右，那不是詞本身內部的問題。也就是說，上述揭示了米勒對詞的定義，作者得到「詞性本身無關於已否成句」的結論。

這樣定義的詞來到華語圈，產生不同的看法。徐通鏘（2008）為孟華（2008）寫「總序」提到：「趙元任、呂叔湘、王力三位先生是中國現代語言學的開創者，他們在研究實踐中已清楚意識到「字」與「詞」的矛盾，因而都以不同的方式強調「字」的重要性。」（總序）但畢竟詞已有了定義，而且在漢語內部自成體系。

現在從完整的英語詞性，以及相關的詞彙理論，理出英語詞彙體系建立的考慮因素。這分成兩部分建構：一從外型，一從內裡。

從外型說。一、觀點：是從句子的高度往下看、聽、理解，看到獨

立的存在（詞與詞間的區隔而呈現），就此定位，再向下分析詞的結構成分。

　　二、特徵：上述英語詞當下現象的特徵「一串」顯然是研究「詞」必須考慮的因素。它不僅沒背離音、義結合的「詞」本質，而且就是用「一串」牢固音，牢固義，也牢固書面的形。詞就是內部連結，對外獨立的「一串」形式。因此，"A people is reading." 總共有四個詞。

　　三、辨疑。「最簡單的字彙定義就是它是許多字的集合，每個字之間都有連結的訊息。」（米勒，1996，引自洪蘭譯，2002，64）這裡的「字」都是「詞」。洪蘭（2002）的譯文說的是語詞群體即詞彙。詞彙就英語句子說，是句中所有語詞現象的總彙；就漢語的漢字在句中說，是漢字外構現象的集合。這與探討漢字的內緣詞性不同層次。上述「每個字之間都有連結的訊息」，可以是句中各詞之間的關係。這無助於分辨類似「幽默」是否多音單純詞，或「幽」與「默」是否複合詞，因為無論何者都有語法上連結的訊息。

　　從內裡說。屬於內緣詞性層次的內部單位是詞素與非詞素，附著詞素與獨立詞素，詞與非詞：

　　甲、詞素與非詞素：「詞素是聲音加上語意。」（Fromkin、Rodman、Hyams。引自謝富惠、洪蕙如、洪媽益譯，2011，54）英語的「非詞素」往往有音而無義，例如 finger 中的「-er」音節並不是另一個詞素，因為並不是某個會 fing 的東西。-er 在此並沒有意義。有無意義成為判斷詞素或非詞素的標準。

　　乙、附著詞素與獨立詞素：雖然上述附著詞素及獨立詞素之間的區分也都是武斷的，但畢竟有分別的依據：「有些詞素本身就是詞，如 boy……稱做獨立詞素（free morphemes）。其他詞素像 -ish……，無法單獨構成一個詞，但他們是詞的一部分。這些詞綴（affixes）稱做附著

詞素（bound morphemes）。」（Fromkin、Rodman、Hyams。引自謝富惠、洪蕙如、洪媽益譯，2011，55）能否獨立成詞成為判斷附著詞素或獨立詞素的標準。

丙、詞與非詞：米勒所說「可以單獨說出當作句子的形式」（引自洪蘭譯，2002，62）能夠單獨成句的形式，便是定義「詞」的標準。總結，能夠獨力完成上位（詞、句）功能的，便是獨立詞素與詞。

這種定義顯示要成為詞需先能獨立成句；要能獨立成詞，才能是獨立詞素。這種由大而小的因果關係，只能作為由上向下的分析理路，不能作為討論最小音義結合體——詞素的本質（本性）依據。因為語詞的表現，視運用的狀況而定。而運用需要適當的語境，如果語境不適當，就算是獨立詞素與詞，也難發揮其本性的功用。這詞用不同於詞性，因此上述提到：「獨立詞素就是詞根，而且是就算沒了其他成分也能獨立表達意義的音義結合體。」就音義結合說，它只是漢字形、音、義中的音、義結合呈現而已，這並不影響獨立詞素和詞本具的特性：形、音、義的獨立性與關連性。

綜合外觀與內裡，以及上述的論述，整理英語詞在未呈現於書面時，詞建立的考慮因素如下：一、獨立的「一串」；二、音義結合體；三、有能力獨立構句，在適當語境能呈現句子功能。四、含有或等於獨立詞素。也整理英語詞素構詞前，和詞的現象的變化關係如表 11。

表 11 構詞前詞素與構詞後的詞變化關係表

對比項 1\對比項 2\結果	構詞前詞素	構詞後的詞	變化關係
序號 1	詞素的音型，例如 self	詞的音型，例如 ourselves	詞素音可變化
序號 2	詞素的義，例如 fact，表「事實」。	詞的義，例如 factory，表「工廠」(事實+場所)。(蔣志榆，2010)	詞素義可變化
序號 3	詞素的音型，例如 carpus	詞的音型，例如 carpus	相同
序號 4	詞素的義，例如 carpus，表「手腕」。	詞素的義，例如 carpus，表「手腕」。	相同

　　整理英語的詞概念：獨立義用獨立音表現，也可以有獨立的書寫型，其中含獨立詞素。其特徵是一串而非多串，且詞型可不同於詞素型，詞素型可因構詞而變化。

第二節　關於一致性的討論

　　英語的詞概念與特徵爲漢語詞提供參照點；漢字的特質被揭示後，與英語詞概念一致的漢字內緣詞性爲何？是本節要探討的事。在架構上，本節先談漢字，再論漢字詞性建立的考慮因素，然後回答上述問題。

一、論漢字

　　潘文國（2002）對構形學、形體學有詳細論述。關於構形學、造字學、形體學等專名的意涵，學者各有認定的標準。（蔡靜，2010；周祖庠，2011）關於造字學和構字學的區別，也有學者用構字和字構區別。總之，無非一是講字的建造方法（造字學），一是講對字的分析所得（構字學）。兩者的方向、表述不同，材料相同。

　　本研究對漢字成分分析，以顯詞性；所需要的關於漢字的文獻，最好兼具形、音、義關係，而不是傳統文字、聲韻、訓詁各自獨立的文獻可全部承擔的。因此以周祖庠（2011）所著《古漢字形音義學綱要》爲主，說漢字。但古、今兼述的表現也在所引用資料中，有針對古漢字的，也有針對當今漢字的。重要的是，本研究所論述關於漢字的性質，並無古今之別。如此才能兼採古、今而無雙重標準。完整的英語詞性已如上述，現在先論漢字，要向內部觀照。

　　李子瑄、曹逢甫（2009）「多音詞大多是所謂的連綿字，通常由兩個字組成，其中每個字不單獨表示完整意義。例如『玲瓏』……。」（97）將連綿詞說成連綿字，是古典的字本位表述。本研究不要古典的，要現代的字本位表述法。因此，本研究如用連綿字，即表示一個字，它可和其他字構成連綿詞。

（一）漢字的形

這指漢字的字形。周祖庠（2011）指漢字的形體，包括字體（甲、籀、隸、篆、楷）、字形（天、日、道、路）。本研究探討漢字的詞性，以字形即不同漢字如天、地、水、捉……爲準。

古漢字的構成元件，周祖庠（2011）提出：筆畫、構件、字元、字綴、偏旁、部首、聲首等，另外又有主件、襯件的區別，及部件之論。周祖庠（2011）認爲古漢字是由字元構成的，而字元「即基本字素，又叫字位、字根、獨體偏旁。」（46）甚至有稱爲字原、初文的。「從文字的角度說，又叫獨體字。」（同上）上述這些元件在當今漢字也不例外。審諸對各元件系統的論述各有特色，本研究從周祖庠（2011）所言，以「字元」和英語的「字母」相對應，詞彙意義比較接近。作者將其他構字的非字元元件稱爲「準字元」，即如筆畫、不成字構件、字綴、不成字偏旁、不成字部首、不成字聲首、不成字部件等。

單一漢字既是由字元，以上下、左右、內外、包圍、大小、階層等結構方式組合而成，它是方形而非如英語的橫式串列。漢字大小一致的方塊，是用上、下、左、右、內、外、圍（而密）、包（而不密）、大、小等關係達到串連的功效。就形的方向而言，英文的詞是「字母左右橫向串連法」，漢字是「字元四方平面串連法」。就形與外部的區隔而言，漢字因字形四方而有四方的虛框邊界，因此漢字在句中與其他漢字的區隔是「四方邊界區隔法」，英文的詞是「左右空間隔絕法」。這些方法的名稱是作者擬定的，是根據實際現象產出的。因此，漢字的形是一串字元的組合，表現出來的是大小等同，外型相似，內部有別的四方塊體。漢字的形也可以是還沒呈現在書面的形，即在人腦中的已存在的形（徐通鏘，2008），即 Fromkin、Rodman、Hyams （引自謝富惠、洪蕙如、洪媽益譯，2011）所謂心理詞典（就漢語而言是心理字典）的內涵之一。

（二）漢字的音

漢字字音的音位因素有三個：聲位、韻位、調位。漢字字音的五分法則，「從音素的角度來說，可以把音節分五個部分：聲母、介音（韻頭）、韻腹（主要元音）、韻尾、聲調……如漢語拼音及漢字的國際音標注音（方括號內）」（周祖庠，2011，104）無論五分或三分，其現象如「廉」的漢語拼音 lián [lian2]是個音串。然而這個音串卻有特色的表現。

「知道一個詞，意味著知道某一音串所代表的意義。」（Fromkin、Rodman、Hyams。引自謝富惠、洪蕙如、洪媽益譯，2011，46）不同語言對這一音串的音可有不同的串連發音法。國立台灣師範大學華語語音學編輯委員會（2009）的描述很傳神：「華語語音的組合是動態的，他不是單元音與單元音之間的『跳動』，而是兩三個單元音之間的『滑動』」（63），進一步說，輔音、前音、聲[1]和元音之間也是滑動的。漢字的內部音會被串起成為單音節而展現「整體識讀法」（周祖庠，2011，103）的成果。這不同於英語詞將各音串連而出的單音節或多音節的音流，漢字是將各音串融而出的單音節。串融的方法是先將韻的成分融合，再和聲調、聲母先後融合成單音節的單音；例如「廉」字標注ㄌㄧㄢˊ或 lián，先由 a、n 融合，再和聲調融合，再和ㄧ融合，再和ㄌ融合。這個融合為一音的過程，在複韻符（複合韻、複元音）的發音是「從一個元音很快的移到另一個元音」（林以通編著，1980：31），這般很快的移動，快到使漢字音的說與聽都成為有聲調變化的單一音。這是英、漢單音節的呈現方式和呈現結果的不同。

周祖庠（2011）提古漢字形體的表音機制有顯性表音機制、隱性表音機制、顯性表音兼顯性表義機制。要說明的是：一、隱性表音指的是

---

[1] 請參考該書元音、輔音，前音、後音，聲、韻之間的關係說明。

由形求義再由義得音。二、古漢字有這些表音機制，當今漢字也有這些表音機制。三、漢字的表音機制隨時間而有所變化，例如「卡」字、「派」字在音譯詞中是顯性表音，但在造字的本義本音，卻是隱性表音。

如果表音機制是隱性的（如「賃」的「任」及「貝」，各先表「賃」義，再以「賃」義表「賃」音——音、義在人的記憶連結），它表示的音值不容易確定，不如字母來得直接（product 等於 pro 的音加 duct 的音）。然而漢字的表音功能，有兩點需要說明：一、內緣表音：人們可以英文 character 或字根例如 pro-的角度，看待單一漢字內部形、音的關係：英文單一字母的發音是無意義的；拉丁字母的字根在歐系語言內也有變音；漢語形聲字的表聲有瑕疵也非特殊。相對的，二、外構表音：不能只看單字內部，更要強調單字外部構詞的表音能力，即單一漢字音、形的連結，要安穩又能創造「利基」的，便是以多個單音相加合構成詞，以爲唸誦、抄寫而記憶。更重要的是，語音之用的音、義連結（吸收、記憶、表達）關係，才是所有語言的書寫符號的表音主力。由此，漢字的表音能力有內緣和外構兩個面向。周祖庠（2011）指出，漢字音擁有構音義即指構音意圖、語音義、詞彙義。這樣的音、義關係，抓住了表音文字在時間脈動中示音表義的特點。

（三）漢字的義

這指漢字的表義功能。可分以形表義和以音表義。「古漢字的形義關係是顯性的，現代漢字是隱性的。」（周祖庠，2011，185）這是以形表義的現況。關於以音表義。周祖庠（2011）舉「凵」字形，說明其發音在ㄑㄩ（qū）、ㄑㄩˋ（qù）、ㄎㄢˇ（kǎn）的意義之別。導出「探求漢字象形表義文字的確切意義最終要靠語音把關。」（195）的結論；這種把關功能，沒因爲表音的隱性而消失。固然單一漢字內部有組合成

分無義的狀況，如象形字的筆畫、無義的符號，終究每一漢字都是有義的，而且形、音、義缺一不可。

漢字表義的變化，表現在人對它的解讀，體現周慶華（2000）所說的人文主體性。例如「癌」字從「上皮組織生長出來的惡性腫瘤」（谷衍奎編，2008，1953）這種現代術語到何永慶（2008）「癌之初，性本善」（03）的概念產生而有的「人體細胞組織的不平衡現象」。我們由此看到德希達的「指意連鎖」（引自周慶華，1997，196）現象：癌指惡性腫瘤；惡性腫瘤又指不平衡現象。這種轉變，是人的知識增長而對「癌」字的重新解釋。雖說析詞是專家的事，解詞（義）卻是普羅大眾的事。總之，漢字表義的變化，因人而異。

說漢字義的類別。除了上述構音義、語音義、詞彙義，周祖庠（2011）提出與古漢字形體有關的意義有：一、構形義：即指構形意圖，主觀色彩濃厚，但有很強的社會性，因要被全社會認可。二、形體義：是「形體本身所表現出來的意義是在發展變化中讀者、作者對漢字意義的主觀認識。」（189）其社會性包括一定時期社會的文化背景。三、詞彙義：指在文獻中所反映出來的意義；有本義、轉義（引伸義及比喻義等）、假借義。作者以為漢字由構音義、語音義、構形義、形體義、詞彙義五者相輔相成，而以溝通當時的需求為呈現意義的考量。

（四）漢字的特質

1.漢字的文字類型特質

文字沒有不表音、表義的，上述所謂表音文字、表義文字，只是就該語言的文字的**大多數**現象判定的結果；這和本研究探討詞性，沒有直接關係。現代對漢字所屬的文字類型，較明確的有三種。一、語素文字：

例如錢乃榮（2002）主編的《現代漢語概論》的主張。二、語素-音節文字：張積家、王娟、劉鳴等（2011）認為「漢字應該稱為語素-音節文字」（348-349）。三、拼詞文字（Fromkin、Rodman、Hyams。引自謝富惠、洪蕙如、洪媽益譯，2011）。但如何拼法呢？是字、字相拼才成詞，還是字元和相關元件相拼便成詞？如是後者，漢字便是詞性文字了。前兩者的差別只在有無特別標舉音節；關於語素文字及語素——音節文字，王有衛（2010）指出其錯誤在於，「把漢字的析義功能先記到漢語頭上，然後再來考察漢字與漢語的關係。」（86）以下論述拼詞文字。

　　Fromkin、Rodman、Hyams（引自謝富惠、洪蕙如、洪媽益譯，2011）認定漢字「基本上是拼詞文字，而每一個字代表一個單獨的詞或是詞素；較長的詞可能由兩個詞或詞素合拼而成。」（739）他們沒提到純表音符號，卻顯露部分漢字有只是語素的可能。由此，將極少數漢字列入只純表音的符號，也不合西方語言學家對漢字的認定；而他們的拼詞，也還沒抓住那四方虛框的內部。和拼詞文字相似的是詞文字，以下論述。

　　周祖庠（2011）有音義皆表的說法：他指出「古漢字是音義皆表的第三種文字」（28），並以「『音義皆表』的『詞——音節』文字」（37）稱之，並且說：「古代漢字是詞文字；而非像現代漢字一樣，是詞（語）素文字。」（28）又說漢字「是記錄語言中的詞或詞素，甚至是無義音節的書面符號」（199）。要說明前，請先看：「漢字是形、音、義的統一體。這三方面的任何一方面，漢字都是不可能須臾離開的……總之，離開了形、音、義任何一方面，漢字實際上都是解釋不清楚的。」（199）一、漢字既是形、音、義結合體，便沒有所謂「無義音節」的漢字存在；二、就漢字外構（成句）的斷詞辨義說，才會存在「無義音節的書面符號」，但不要忘了，這是在語境中武斷辨析的產物。三、漢字記錄的是

獨立語素而非附著語素。

　　和詞文字相似的論述是廖才高（2005）的字詞同體說，請見文獻探討。在排除徐通鏘（2008）將多字也認爲（單一）「字」之後，廖序東（2000）提到：「馬氏之『字』，今謂之『詞』。」（281-282）馬氏看到的字，當然是今字。這明顯說，漢字即是詞。古字、今字既然構造法式相同，形、音、義俱全，都可以字元和相關元件相拼成詞，則古字是詞，今字也是詞了。研究發現，無論字詞同體或詞——音節文字，都異於馬建忠（1898）認字是詞。因此漢字的文字類型特質是否爲詞性文字，便待本研究論證其詞性的具足，才可定言。

2.和英文相關詞的對比特質

　　漢字不等於 character、morpheme、word。然而，漢字有這三種單位的部分功能。

　　漢字和 morpheme 對比。morpheme 作爲語言中最小的意義單位是音義結合體。而漢字擁有形、音、義，如陸慶和（2006）所指一個漢字記錄語言中的一個語素，因此漢字足可作爲語言中最小的意義單位且是音義結合體；這說明漢字有 morpheme 的功能。

　　漢字和 character 對比。漢字和音的聯繫，反倒是學習之後的理解、運用（尤其構詞與表述），其形、音的聯繫反而顯得密切許多。漢字的表音較多時候是在造字完成，而且經過認定、記憶之後。英語的 character 是表音符號。漢字能表音，自然也稱得上是表音符號。所以漢字有 character 的功能。

　　漢字和 word 對比。英語的 word 和本研究相關的是指詞，單字；一句話；言辭；音訊。單一漢字是個單字；單一漢字有音訊；單一漢字能是言辭；單一漢字也可以是一句話。所以漢字有 word 的功能。

　　在英、漢翻譯，word 從單字、詞、一句話，到篇章的言辭都是。這裡的「單字」明顯指漢字而不可能是字母。漢字作爲一個概念的獨立單位；單字成句，可行；單字便是言辭也可行。單字句的存在說明了漢字有一字成句的能力。至於篇章的言辭，屬於廣義的語彙範疇。郭良夫（1985）認爲「『字』可以是說話的單位，語言的單位，也可以是文字的單位，書寫符號。」(5) 這「語言的單位」即漢字有聲音，可以累加成就語言的言辭。這裡的「可行」表能力，而非隨時隨地都是句，都是廣義的言辭。

　　無論從漢字的文字類型特質，或漢字與英文相關詞的對比特質，都顯示任何漢字沒有只能表音的空間。因此進一步論漢字詞性的考慮因素，其中包括詞所必具的獨立語素。

二、漢字詞性建立的考慮因素

　　瞭解漢字的特質之後，比照外來詞建立的考慮因素，來思考漢字內緣詞性的必要因素。這樣可使漢字的詞性顯現，和外來詞的詞性顯現有大致相同的基礎。型是本研究發現的基點，因此先論漢字型獨立的方塊相對於英詞型獨立的一串；音義結合是詞和詞素的結構，本研究再論音、義結合成詞；詞用雖非詞性的必要條件，但它可凸出能獨立發揮完成任務的詞性，因此最末論述。

（一）獨立的一串相對於獨立的方塊

　　依照藍世光（2013）的研究，單一漢字和西方詞（指英語詞），在語言學取得同等級對比的基礎。另外，「字本位」的倡導者徐通鏘（2008）所說兩字也是（單）「字」的現象，指在傳統「字」的概念。這個概念

顯示的，也不合本研究「獨立串塊」的標準。我們不採用兩字也是字的說法。目前對漢語的斷詞、解詞，都從句中分別（主要是義），於是有複合詞、詞組、連綿詞的多音單位。本研究從句中單一漢字的整體向內看型態，向下分析出語素，這樣才是同等級地和西方詞對比。

　　在上文關於外來詞的「詞的形」中，提到英語沒有分隔記號（空格），例如 blackberry 是個複合形式。這可對比於漢字沒有方框區隔。如下例：方塊的內容也是一串，例如「信」是由「亻」和「言」兩個字元（也是兩個詞，亻是人的變體字）以平面四方的佈局方式串（連結）在一起。這個方塊除了是書寫的形，也是心理辭典中的獨立單位。因此，會意字「信」也是複合形式。儘管英語的複合形式有分隔的情形，但它是複合詞而不是本研究的單純詞，因此無礙於對單字詞的研究。

　　英語用（形態學的）型表音、表義，也表音義結合體，當然也可以表語言書面的形。本研究理出的一串可指英語的書面形、語音（連音現象）、語義（獨立的意義內涵）。漢字的一塊除了指字形；字音因是滑融而成一音節，更可說是一塊；字的獨立義便是紮實呈現的一塊。從型的高度說，一串和一塊是對等的，關鍵在彼此各自對外的區隔。因此漢文字和英語詞取得型的一致性。

（二）音義結合

　　隨著學界對漢字的部件（偏旁、字元）的提出，吾人除了感謝專家的付出，也大可運用漢字內緣的概念研究「詞」。這是本研究要抓緊音義結合對漢字解析內緣詞性的路向。以下分三部分解說：音的部分、義的部分、結合成詞。

1.音的部分

（1）音標和語符

藍世光（2013）分辨了英、漢語言中音標和音符的差別，他所說「音符」指文字。文字作爲語音的符號，可以簡稱爲音符，但容易和表音值的音標混淆；而文字兼具表音、表義的功能，例如人看到「I」，除了知道讀音，也知道它的意義；因此文字是語言的符號可以簡稱語符。本研究因此以「音標」和「語符」對稱，比較周全而明晰。

音標（語音的標誌，標誌聲音以發聲）例如 KK:[aɪ]不同於語符（語言的符號，代替聲音以表義）例如「I」。注音符號ㄅ、ㄆ、ㄇ、ㄈ是音標，是上述「音標與英語拼字對應」表（Fromkin、Rodman、Hyams。引自謝富惠、洪蕙如、洪媽益譯，2011，292）的音標。漢語的語符相對於英語拼字（字母串），也就是漢字。「注音符號」可以簡稱「音符」，但「漢語拼音」又和「英語拼字（指「字母串」）」都有一「拼」字；這容易讓人混淆，以爲漢語拼音和英語拼字是等同的東西。然而英語拼字是語符，漢語拼音與注音符號卻是音標。

現代漢語運動那段期間，甚至有將漢字拼音化的企圖，那種企圖是要用英語的字母串取代漢字，使漢字改觀近似英語拼字。這說的都是語符。從英語音標可以直接得到真正的發音值，從「英語拼字」（字母串）需經音標轉折才能讀出。同樣的，從注音符號或漢語拼音可以直接得到真正的發音值，從漢字需經「注音符號或漢語拼音」這些音標轉折才能讀出。另外，英語音變是音值變，不是語符變，古今的詞型（字母串）變化才是語符變。

漢語的字只有一個音節，它的音位因素有三個：聲位、韻位、調位。這說的都是音標的內部分類；在古代就是反切字中上字與下字的分類（周祖庠，2011）葉德明（2005）說：反切法「語詞中上下字古今讀法

不同，所切出來的讀音有異」（208）這反切法也是音標，是用語符（漢字）標注的音標，受到漢字音變的影響才產生異讀。音標只關於聲音，無關表義。音標是聲音的標記（標注的記號）。這在用本國符號代替外語音標以方便記憶，最清楚音標的用處。

　　音標只表音，語符重要的是代替聲音以表義。語符是文字，可以透過語音表義。語音是語義的符號，語符是語音的符號。因此，英語語符的字母串才成為「語言的符號」。如果漢字不做語符，漢字如何成為「語言的符號」？綜合上述得知，漢字是語符，而且是經過構字原則組合的方塊語符。Blackbody（黑體）的語素是 Black 和 Body 不是 KK：[blæk] 和 KK:[ˋbɑdɪ]；因為語素是音義結合體，只有語符才是，音標只表音。既然漢字與英語詞都是語符，探討英語詞不從音標入手而從字母串這語符入手，探討漢語詞當然也不從注音符號或漢語拼音入手而要從單一漢字這語符入手。

　　有人從音標探討漢字內部的音義關係（王松木，2004），當然也可以從音標探討詞、詞素。但是從音標（注音符號）探求詞、詞素，會有所不足。因為：音標只表音值，辨義作用受限於同音及歷時性的變音。例如 eye、ice、I 的發音都是 KK：[aɪ]。這會對語素義的探求造成困擾。因此要發揮字形（語符、字母串）的功能才能正確探討詞和詞素。

（2）拼連和滑融

　　上述提到英語詞的拼連音及單一漢字的滑融音。漢字的這一個音，尤其在音標，韻位內部已經先融合為一，再融合調位及聲位（詳見下述「漢字的音」），顯然不是英語的拼合方式。如此要在單字音內部尋找語素音來和對應的語素義搭配成音義結合的詞素，顯然和英語的格式大不同。為此，人們該思考不同語言的語言要素（語素）的呈現方式的不同，

而對從詞解析詞素的標準有不同的考慮。

如果把注音符號或漢語拼音當成語符，而只是從純音（不含義）的角度表態，把注音符號或漢語拼音拼合而成的那「一個語音塊」當成唯一的語素音，進而判定單一漢字只有一個語素，這不符合英語解析語素的路徑。

從上述英語詞和詞素的關係，知道詞音可不同於詞素音。漢語的詞音呈現方式不同於英語，漢語內緣例如字元的音，從語素到詞過程中的變化比較大，自然不能用英語的標準看待語素音。但這並不表示兩者沒有語音的關係。只要語素和詞語音的關係沒失落，便無礙漢語語素音的地位。現象不同，處理的方式當然要不同；既然漢字音已經滑融為一，如「信」的音不是「人言」而是「ㄒㄧㄣˋ」（xìn），但義卻是由人言而來，這音明顯由人、言兩音結合表義而來。從「ㄒㄧㄣˋ」（xìn）自然難找到人、言音，因此需直接從字的形體「人」、「言」找語素音。

或有人會說：「英語的詞形與音，大多內含語素的形和音，只有少數因構形而變異。漢字的詞『湖』音卻聽不到語素『氵』的聲音！」原因在非「氵胡」連音。英語詞（英語拼字、字母串）有音節、語素音。漢字也有音節、語素音；漢字「湖」的音符是「湖」，只有一個音節。接著看它的語素音。

先說楊錫彭（2003）對外來語素的看法：「因為是最小的單位，一般都是短的，但與音節數無固定的關係。」（7）其意謂語素可以是多音節的。這種多音節語素，在漢語竟被不當地限制在兩個漢字以上的多音節。漢字多用「象形表義符號」表音（周祖庠，2011，28），它的隱性表音機制指「形體是記錄、表達語言意義的」。（同上）要如何表音呢？「氵」記錄、表達語言意義，但它作為隱性表音機制的語符，和顯性表音機制的語符「胡」拼合。這種拼合透過音標「ㄏㄨˊ（hú）」而成「湖」

音。這才是漢字作爲語言符號的表音流程。詞的語符「湖」是漢字「湖」的「詞形」，即漢字的表義機制。以此類推，由「胡」而得「古」、「月」音。如用英語的拼音模式，湖的音是「ㄏ古月」三個音節的串連呈現，從漢語（字）的表音機制，是先從古、月到胡，再從ㄏ胡到湖以單音節呈現。語素「ㄏ」的音不同於「湖」的音。這不礙於它作爲「湖」的語素之一。上述外來詞和其語素的音之差異，與漢語相似。

　　語素音一經確定，便可進一步分辨詞內部的構音成分是語素音還是無義的音串。英文例如 boycott（杯葛）中的 boy 及 cott 都無義。monster 雖可指「怪物」或「巨人」，卻不是 monst+er 的組合，兩個音節是 mon+ster、finger'的 er 也是無義的。而-er 往往有「做什麼事的人」或「那些是什麼的人」（衍生構詞詞素）（Fromkin、Rodman、Hyams。引自謝富惠、洪蕙如、洪媽益譯，2011，54）；但表比較級時是曲折構詞詞素。這種辨別是因語境不同，該成分（boy，cott，-er）在詞內的作用而定。這看出英語是從詞義辨別詞素音。漢字的內部單位如果不是聲旁，便不表該單字音，但是否爲無義的音串，便值得仔細推究；以形聲字的義符而論，只要它不兼表音，便是從詞用描述而在句中的純表義符號，而非從狀況描述而在語符的無義音符。

2.義的部分

　　上述引文提到，英語的詞型和意義是兩個不可分割的部分；對比於漢語也是如此。以下細論漢字義的部分。

　　（1）漢字音義兼表

　　「建構語意的每一步驟都是根據知覺資訊與伴隨的詞彙訊息。」（Fromkin、Rodman、Hyams。引自謝富惠、洪蕙如、洪媽益譯，2011，

514）這裡是指心理詞典內的詞彙訊息。透過建構語意而運用詞彙造句以遂行溝通任務，這讓人看到語言的事實：語音是為語義服務的。語音有助於找出語素義，是就英語說的；就漢語說，也可以來自語形即字形。因為漢字形的表義能力足夠匹配英語音的表義能力。

漢字是語符，除了作為音符之外，漢字更在義的層面發揮。「語言符號畢竟是語音、語意的結合體，因此不能拘泥於漢字形義關係的辨析。」（楊錫彭，2003，95）。但如果從形義關係能解析出音義結合的語言符號，那形義關係便是解析詞性的利器。因為漢字作為音符，同時也是義符，（相較於英語字母的線性詞形而言，方塊漢字更是形符），這和周祖庠（2011）說漢字是「音義皆表」（27）的論述一致。漢字本來如此。

瑞士語言學家索緒爾提到：

> 對漢人來說，表義字和口說的詞都是觀念的符號；在他們看來，文字就是第二語言。在談話中，如果有兩個口說的詞發音相同，他們有時就求助於書寫的詞來說明它們的意思。但是這種代替因為可能是絕對的，所以不致像在我們的文字裡那樣引起令人煩惱的後果。漢語各種方言表示同一觀念的詞都可以用相同樣書寫符號。」（引自周祖庠，2011，435）

因此，漢字的形既然有助於辨義，當然可用於辨別語素義，而對辨別詞和詞素有所助益。可惜的是，華語圈惑於流行理論，而將字法排除於詞法之外。現在進一步論述。

（2）排除純音惹的禍

現象上，詞素也可不內含於詞形，以英語來說，we 是「我和其他人成就的群體」，至少有三個義素：我、和其他人、成就的群體，其中

的「我」，英文是 I，便不在 we 中。這樣說，是將義素等同於語素義。

　　以英語詞的語素現狀說，義素並不等同於語素義。we 被解為單一語素 we，是從發音所得義現象決定的。從這裡看出，當我們把那三個義素當作語素義，語素的音、義是不平衡的，是音限制了語素的量，而使得停留在 we 這個語素的整體，無法再向下解析。這般外來詞的語言要素──語素當然是不足的。因為語言的核心是語義，要解析「詞」，當然以解析詞義為主要目的。而詞的義素是詞義的內涵；當有可再分析的成分而受限於表型的音時，那種「音、義結合的語素」分析當然不足。但英語是就 we 的整體概念和音搭配存放在心理辭典中；當從心理辭典中找不到可和 we 的下位成分搭配的材料（語素）時，分析便停止了。這是英語語符即字母串的限制性所致。也是對何九盈（2000）解析胡以魯的談話，提到：「型態學分類法本身是有缺點的。」（69）的說明。如果認知時只要憑分析不足的整體的音、義對應便可認知成功，那語素確如學者所說，要專家才能分辨，也對學習者的幫助不大。

　　關於構式語法，依王惠（2005）說：「任何語言表達式，只要他的形式、意義或用法不能從其組成成分或其他結構式中推知出來，就都屬於『結構式』的範圍。」（496）由於上述外來詞語素的音、義不平衡現象，導致其語素只是在類似構式語法的詞中呈現。例如複合形式漢語「我們」，英文是 we。I 和 we 的形式是不同的，I 不是 we 的語素。但從義解析，we 中有 I 這意義成分。由此可見西方語素的認定方法，受制於音而失於義。作為漢語類比於英語字母串 we 的漢字「我們」，依英語的拆解法，就是把「們」解為「和其他人成就的群體」並以其音成為一個語素。用目前英式的語素解析法，「我們」便有兩個語素：我、們。因為音而比英語多一個語素。

　　依當前學界的解析法，「我」是詞根，「們」是詞綴，「我們」是單

一獨立語素的「合成詞」而非兩詞複合的「複合詞」。但「們」字在「你們」、「他們」、「同學們」呈現出在他處運用的「同一性」，便是獨立語素，也是詞（「這個——『們』——字怎麼念？」「們」）。「們」字在這裡顯現的是獨立語素又是詞綴又是詞的矛盾現象。We 的音、義結合是「整體」關連的記憶（音、義關係）呈現。「我們」的音、義結合也是「整體」關連的記憶（音、義關係）呈現；但漢語明顯可以分成「我」和「們」，以「們」來說，可以再向下分析，分析成「亻」及「門」兩個語素。理論依據是：一、它是方形的一串，二、它是音義結合，三、它是個詞。「亻」及「門」的音不同於「們」這個變形音；不能因為詞音變型就說沒有該語素音。就好像小孩子和父、母外觀的差距十萬八千里，也不能否認含有父、母的基因。都是純音惹的禍，是就漢語說的。

　　總之，從純音解詞限制了下析的動力，導致有些漢字同時是獨立詞素又是詞綴的矛盾。而要排除純音惹的禍，解詞時的義是首要考慮。

　　（3）義是首要考慮

　　米勒說：「一個人幾乎都不自覺說出有意義的話，或是聽懂別人說的話，只有當我們聽不懂、找不出意義時，才會去注意聲音或文法。」（Miller，1996。引自洪蘭譯，2002，20）這裡的文法在漢語是字法；意義除了是使用語言的目的，也是察覺、認識語言的關鍵。因此，從語符（字母串或漢字）入手，字的義是首要考慮，因為語符所代替的語音是為意義服務的。如果沒有義，再多的音都不是語素。相對於漢字，再多的形都不是語素。例如英語單純詞 boycott 中的 boy 是不表義的純音字母串，雖然是一個音節，但卻不是語素。相對的，有義無音可以是圖形符號具有表達功能，這在漢字內部是常事，例如「下」（二）字中標誌下位的那標誌。在詞內，既以「有無意義」為判而分語素和非語素。上述漢字內部有義無音的現象，在研究詞時不能輕易排除。對比於英語

Monster 的兩個音節是 mon+ster 也是無義的。所以，「知道一個詞，意味著知道某一音串所代表的語意。會說英語的人能輕易的把那一連串的語音斷開」（Fromkin、Rodman、Hyams。引自謝富惠、洪蕙如、洪媽益譯，2011，46）。知道「意義」，可以斷詞，可以探討詞素音。因此要先確定語素義，再探究語素音。確定語素義的（義素）數量後，再針對該語素探究語素音。

透過知道「意義」這種語言知識，可以斷詞，可以探討詞素音。這就自然地呼應了上述潘文國（2002，160）漢語形位學的原則之一：語義為本的原則。也巧應了徐通鏘（2008）所說：「語言基本結構單位的語義構造中必有義根，這是隱含於……字與詞中的一種共同結構原理。」（120）

相對於英語詞構式語法的詞義，便是漢字訛化造字的字義；然而如在漢字如「日木果」及「木日杳」，顯示字內序列的語義差別；所謂線性序列，漢字便有，先不待從句中求。並不是中、英詞法的法則要完全一致，但這種例子，顯示漢字內緣成分表義契合於英語結構對於詞義的影響。於是底下說與結構有關的「結合成詞」。

3.結合成詞

要說漢字的內部成分結合之前，先說英語的結合實例。Linsanity 被列為正式單字（楊育欣，2012），是由 lin 與 insanity 變化組合而成。這不是只有形或音的結合，也不是單純音、義結合，而是形、音、義的結合。形：Lin 和 insanity 取消前後重複的 in 而結合。音：擬音 KK:[lɪn]，和 KK:[ɪnˋsænətɪ]結合變成擬音 KK:[lɪnˋsænətɪ]；詞和後者的音節數相同，發音卻不同。義：由「林」姓和「瘋狂」變化、結合成「林來瘋」；是結合而變義：迅速成為潮流、時尚的林姓人士。（GLM，即全球語言

觀察機構的定義）英語如此，漢語當然也可行：形變而合，音變而合，義變而合。在本研究解析，反向便是：析詞而得變形，析詞而得變音，析詞而得變義。

值得注意的是，「tsk 在 Xhosa 語屬於語音，但在英語裡卻不是。」（Fromkin、Rodman、Hyams。引自謝富惠、洪蕙如、洪媽益譯，2011，260）這個例子說明，「一般而言，各個語言中能組成詞的一套語音，或多或少都與其他語言不同。」（同上）說的是語音，卻透露出「不同語言」內「結合成詞」不同的過程跡象。

因此論漢語的字法到詞法：

楊錫彭（2003）提到字法與詞法不是一回事，並說「在紀錄語言成分時，『湖』是以一整體起作用的……，並不是聲旁表示聲音，形旁表示意義。」（40）然而，一、「湖」確實「以一整體起作用的」，但它的聲音也確實從聲符「胡」而來，意義也確實從形符「氵」而來。只是這種辯論，和辨別是不是語素有關嗎？紀錄語言成分是詞之用，辨別語素是詞之性的事，兩者也「不是一回事」！二、楊錫彭（2003）提到「湖」的辭典義是「被陸地圍著的大片積水」（50）。由此，作者分析它的語素義，至少需有水、被圍的範圍兩個語素義（缺一不可）。這樣的詞義在音義結合的「ㄏㄨˊ，被陸地圍著的大片積水」中，確實是「解釋詞語的含意」，這兩個語素也和楊所說「解釋語言的結構，切分語言的單位」方向一致。字法和詞法不是一回事，但是「可以相通」的一回事。

（1）音義結合

因此我們可以從字法抽繹出詞法：從「湖」的整體意義表面看，上述「湖」的語素固然不是「胡」，因為胡義和湖義不具同一性；但是從音、義結合的單位（性質上必有書面的形）切割，以單純的「以音表義」說，「胡」便可表「湖」。「胡」的表義以周的話說，屬於隱性表義機制。

它表義的過程是：「胡」納入形符「氵」（也是義符）成為「湖」，再用自己的音以表新的義。既表音又表義，「胡」就是「湖」的語素之一。現在漢語多了一個「氵」語素義，使得「湖」的詞義更加明確！這裡的水顯然不是一般的水，而是從「水」的語意場落實到特殊範圍（在陸地被圍著）內的水。「氵」的音固然和「湖」無關，但「湖」並不需要「水」的音，倒是這水和湖有意義的同一性，因此水作為擁有音、義的單位，也是湖的語素，它的語素意義屬於「暗示」意義，在「區別意義」（楊錫彭，2003，50），但屬於周（2011）的顯性表義機制。這兩個語素各自獨力完成「合構成詞」的任務。「湖」的語素義也是詞義可以是「氵」音與「胡」音在此所表概念「在陸地被圍著的水域」。「胡」的表義，也是「胡」在此作為語素的作用之一：結合成詞。語素「氵」除了表義類的義，也納入音符「胡」成為「湖」，再用自己的相關義（語意範疇縮小，從一般的水縮小到特殊範疇的水。）以表新的義。這也是「氵」在此作為語素的作用之一：結合成詞。既然這個語言單位「湖」的語素如此，這個語言單位「湖」的語素「氵」、「胡」的音標是「ㄕㄨㄟˇ」（shuǐ）和「ㄏㄨˊ」（hú）。這個語言單位「湖」的語素「氵」、「胡」的音符（形式，對比於西方的字母串）是「氵」和「胡」。那麼，這個語言單位「湖」的語素「氵」與「胡」的音符（形式）的書面符號便是「氵」與「胡」。我們看到兩個語素「氵」和「胡」個別的音、義結合，並進一步以語素的身份彼此結合成詞。對比英語例如 book 結合 store 成 bookstore。這印證從字法抽繹出詞法是正確的，可行的。

對語言的感知，心理學家認為「兼具由上而下（top-down）及由下而上（bottom-up）兩種處理過程。」（Fromkin、Rodman、Hyams。引自謝富惠、洪蕙如、洪媽益譯，2011，515）上例從字法分析出兩個語素，是由上而下；將兩個語素結合成詞，是由下而上。這樣的感知，符合對漢語的理解。

「氵」音不內含於「湖」音的問題得到解決：一是所謂的詞音大多不同於語素音。二如果「湖」的音是「水胡」，它便內含「氵」音；但漢語造內緣詞音的規則是造成單一音節的「胡」音，所以不內含「氵」音是正常的現象。從另一個角度說，當我們把「湖」音依西方的角度，拆解結構而得「水胡」，那語素音「氵」、「胡」便都在「水胡」之中了。畢竟漢字的結構過程，大大不同於英語，尤其取音的原則，大多有取有捨（取「胡」捨「氵」），不同於英語幾乎全數照收。因此不能要求漢語遷就英語模式的「音」義結合，而要依漢字本身的結構式「音」義結合。

（2）形義結合

上述的引文提到，大部分的拼音字母（指字母串）都是根據音素原則（phonemic principle）設計而成。從這對比於漢語凸出的形義關係，便可說大部分的方塊字元（指方塊字）都是根據形素（形體的要素）原則設計而成。漢字義多從字形來，形聲字的聲旁也是字形的一部分，要解以義為首的音義結合體，就要從字形著手。因此以下細說形義結合。

現在就對漢字凸出的「形義結合」的語素特性（並不排除音義結合的語素特性），舉擬聲類用字為例，說明漢字不是「少數只表無義的音節」，也進一步說明漢字擁有完整的詞性。例字是「輾」和「轉」，在竺家寧（2009）和王松木（2004）的文章都提及，請參見緒論及文獻探討。

漢字「輾」的語素有「車」及「展」，加上自身「輾」總共有三個語素。前兩者都是獨立語素，兩者組合的成品「輾」的構形義及構音義都是身臥卻難眠，似車輪轉動翻覆不定般。（有關構形義及構音義，請見上文「漢字的義」；下述形體義、語音義同此。）引伸義即形體義和語音義都是動詞性的「翻來覆去，來回轉動」。「輾」的三個語素說明它是語素，不是「只表無義的音節」。以此類推，「轉」（迴還、旋動的意思）的三個語素「車」、「專」、「轉」也說明它是語素，不是「只表無義

的音節」。其實，任何漢字（只要它是漢字）是不是語素的關鍵在有無表義。一、漢字既是形、音、義的結合體，哪有不表義的漢字？二、無論周祖庠（2011）說的顯性表義還是隱性表義，都是表義。也因此，形義結合可得音義結合的語素。

（3）從語素論結合成詞

接著從語素觀點，對擬聲類用字觀察，要破除時下學者對「不能分訓」的迷思。固然「不能分訓」是就該詞而言，但卻影響多音詞內漢字的詞性有無，因此要透過本研究從語素論結合成詞，以發現漢字詞性。

「輾」、「轉」兩字合組成詞「輾轉」，是漢字「輾」的外構詞，也是漢字「轉」的外構詞。聲音方面以漢語音韻規律說是更美了。意義方面因聲音的複合而更豐富——既有「輾」的特徵「上下反覆」，又有「轉」的特徵——一般性的迴旋。因此，在「輾轉」這個詞中，「輾」、「轉」是可以分訓的。當然，我們在解析詞義時，不要忘了上述米勒說的至理：「一種語言分析家並不需要知道它的意義，只要說這種語言的人了解它的意義即可。」（引自洪蘭譯，2002，61）對從事漢語研究的分析家來說，從字法或詞法解析而得的意義「囫圇一團」（2003，102），並不是楊錫彭（2003）認為的不足取，而是正常現象，只要那意義確實存在，說、聽者明白即可。這個單例是可以分訓，其他呢？其實每個漢字既然都是形、音、義俱全，無論它用於何處，尤其擬聲類詞，都可分訓，只是訓釋的內容，會有本義、引伸義、假借義（借音表義，屬於音訓）之別。更重要的是，可以不可以分訓，也要看語境。例如「他說的『輾轉反側』是個成語。」語音上並沒有雙引號。對這句子，是要解析（訓釋）到「他說的『輾轉反側』」還是「輾轉」＋「反側」，還是「輾」＋「轉」＋「反」＋「側」；要依語境的需要而定。沒需要而分訓，可能會誇張了「輾轉反側」的意境，以為可以用在翻轉紙料到側面；有需要而不分訓，

也可能只知其皮，不知內裡，例如不知「轉」、「反」之別。

從詞性而非詞用的角度說，成為「詞」是因為有自由語素（獨立語素）。綜合參考周祖庠（2011）、古衍衡（2008）的說法，藍世光（2013）以漢字「孑」、「孓」為例，說明了「孑」、「孓」、「孓」都是音、義結合的符號，都是獨立的語素，因此具有完整的詞性。

透過對獨立方塊、音、義、結合成詞的分析和論述，得到要從單一漢字開始析詞，析詞時義是首要考慮，可從形義結合析詞，可以得到獨立語素等結論。在古今漢字結構原理相同的情況下，作者用古代漢語的文字說現代漢語的文字。「在《爾雅》一書中，基本詞和一般詞已經有了明顯的區分界限。所謂「基本詞」，包括有三個特點：……穩定性、能產性、普遍性。」（盧國屏，2000，32-33）。當今每個字元都符合這三個特點，都是「基本詞」。當然，實際運用需依語境的需要而定。總之，漢字的音、義結合成詞，其音可以是詞素形之音，和義結合後，音、義可以變化而不同於原況。因此接著用現代鮮活的漢字，凸出漢字能獨立發揮功能完成造詞、造句任務的事實。

（三）獨立發揮功能完成任務

「孑然一身」是「孑」字獨立發揮詞性功能（當狀語成分），完成造「辭」（含「詞」）任務的表現。「請問您，紙上『孑然一身』的第一個字怎麼念？」的答案可以是「孑（ㄐㄩㄝˊ、jué）。」「孑」已獨立發揮詞性功能（當獨字句的名詞），完成單獨成句的任務。既然有「孑然一身」，當人刻意或誤用「孓然一身」時，聽者或看者也知其意。因此，「孓」也能獨立發揮詞性功能（當誤用單字的可理解的成語的狀語成分），完成造「辭」（含「詞」）任務。這個例子的特殊處：一、例子不是上述「複合型」的內緣詞「湖」、「輾」、「轉」；而是附加詞綴型的

漢字「孑」、「孒」。二、單字的詞用，在語境變化時也會有意想不到的變化。關於後者，藍世光（2013）提出：一、語境的幫助和限制，二、詞的內在變動性以說明漢文字獨立發揮功能完成任務。接著以擬聲類詞的漢字，說明漢字詞表音功能各異的重要性。

多音擬聲類詞的內部成分非如一般學者所說只是表音而無義，最明顯的訊息來自上述李靜兒（2007）所列單至四音擬聲詞中單音擬聲詞重複出現的現象。以上述的「滴滴答答」和「滴答滴答」來說，「滴」本身已是詞，「答」也是單音擬聲詞。兩者聲音不同，合構而成的「滴答」代表的聲音，人的感覺也和單字的聲音不同。感覺不同，所得到的概念自然不同：「滴」尖，「答」平，「滴答」有變化、節奏且前進。三個概念不同，功能各異。在「滴答」中，「滴」、「答」不能互相取代。由此看出各自「詞之用」的重要性。

整理漢字詞性建立的考慮因素：從漢語語符之音及首要之義，透過義所寄之形、音結合成詞。

三、與英語詞概念一致的漢字內緣詞性為何？

作者對「詞」定位的行動表態，將「詞」限定在句法。從這種表態，我們看到句法詞是變動的，這種變動能力以每個漢字的詞性為基礎。現在便比照英語詞從漢字內部說詞性。

（一）漢字形的詞性

英語中，詞和詞中間必有空格區隔，比之於方塊漢字在句中的連結，一個擁有方塊虛框的漢字便是詞了。因為上文提到，橫式字串便是英語「詞」的形。以漢字是方塊字而言，方塊的獨立性，便是漢字形的詞性。至於多音擬聲詞，盧國屏（2000）說《爾雅》有「漢語史上最早

的詞彙學體系」（7），其中對獸畜的名稱，從它們的形體特徵來做區別。但鷓鴣、布穀這些擬聲詞的每個字都自具完整詞義；這些字義可以和該多音擬聲詞沒有關係，作為漢字，它發揮用語音外構的功能完成組合的任務。因此對漢語的書面形式斷詞、斷音的最終指標，是深具虛框形體特徵的方塊漢字。

至於兩個漢字或以上，就是學界目前認知的漢語派生詞或複合詞或詞組或語辭（如慣用語），都不是本研究的單音單純詞。其中派生詞的詞綴，同樣以它具有結合的語法功能及方塊虛框而可被判定具有詞性。

（二）漢字音的詞性

上述所引 Fromkin、Rodman、Hyams（引自謝富惠、洪蕙如、洪媽益譯，2011）所提「但在口語裡面，大多數的詞和詞中間並沒有停頓。……會說英語的人能輕易的把那一連串的語音斷開。」（46）而漢語的音節是自然的斷音工具，這種滑融為一的單音節不需要考慮音節數。這也是漢字音詞性的獨立基礎。Fromkin、Rodman、Hyams（引自謝富惠、洪蕙如、洪媽益譯，2011）提「音素是我們一直提到的聲音的基本型，是用心智去理解的概念，而不是用來說或用來聽的聲音類別。」（315）這種概念，與漢語的語素有時不見於詞音表象，可以相契合。

對古籍中象聲詞的解說。A 和 I 這兩個單一字母以其獨立性而成為只有一個音節的字串具有詞性。相對於漢語，《爾雅》的「關關」是單一漢字重疊，公雞叫聲「咕──」是單長音，加上文獻探討中李靜兒（2007，1，50-51，147，114）所列佔所有擬聲詞近兩成的單音擬聲詞現象，說明單一漢字的象聲作用是常態而非特例，其他多音（多音節）擬聲詞是單詞外構而成。漢語的字這種獨立方塊，代表的音是獨立音。

　　漢字音和詞素音的關係。國立台灣師範大學華語語音學編輯委員會
（2009）提到：

> 「『詞素（morpheme）』相當於『規範華語』裡一個字的字音，
> 我們也叫做『音節』。一個字的字音裡可以有幾個有辨義作用的
> 聲音，我們稱為『音位』（phoneme）。這個『音節』裡面居於開
> 頭的第一個聲音，就是『前音（initial）』，在『音節』裡面居於
> 最後的聲音就是『後音』（final）。……『中間音』，而且也不
> 限於一個」。（50）

　　這種結構大大不同於英語的「音節」，即對一串音的串連方式，英、
漢語之間不同；漢字的反切法，特別重視「聲」與「韻調」的組合關係，
它顯示的漢字音有獨立完整音節特性。漢字音的詞性，便是指其獨立的
音節性以及下述表音的機動性。

　　上述「漢字的表音能力有內緣和外構兩個面向。」要發揮兩個面向
的功能，漢字的語素音要先被重視。語素音在詞的內緣面，「當人們開
始利用一個符號來代表一個音素時，它們只是把直覺的語音知識形之於
意識的層次而已。」（Fromkin、Rodman、Hyams。引自謝富惠、洪蕙如、
洪媽益譯，2011，738）這種說法符合文字運用的流程，這裡說的是語
音知識，而不是語音；在分析語素音時，也要注意及此。因此，「文獻
探討」中周祖庠（2011）所說的隱性表音機制，以及以象形表義符號表
音的機動性，便是可行的說法。

　　在詞的外構面，當單一漢字被拿去多音詞中做表音字時，便是當事
人有意識作為的產品。這是對漢字假借其音，而那個詞，是漢字的外構
詞。假借音並無損於原本完整的詞性音，因為前後的語境不同，不可同
日而語。同理，音韻規律規範了漢語往雙音詞發展的現象，這種現象無
礙單一漢字原本的詞性音。相似的現象是，「中國大陸政府也利用羅馬

字創造了拼音文字，稱為拼音（Pinyin）。」（Fromkin、Rodman、Hyams。引自謝富惠、洪蕙如、洪媽益譯，2011，379）目前漢語拼音的寫法，是將拼而融合的漢字單音節以字母化橫式串列呈現，再外構於其他單音，以成多音詞。這不同於拼而融合的單音單字詞。無論從內緣或外構，漢字（詞素、詞）表音的機動性說明了它的獨立性。

（三）漢字義的詞性

　　為了突破擬聲類用字只是純表音符號的說法，現在以「琵琶」為例說明漢字義的詞性。「琵琶」的兩個詞素：一個是「比」音加雙「玉」符號構成的詞素，象徵琵琶這種樂器的前半部（依詞序分前後）聲音所代表的琵琶這種樂器。另一個是「巴」音加雙「玉」符號構成的語素，象徵琵琶這種樂器的後半部（依詞序分前後）聲音所代表的琵琶這種樂器。依照語言經濟原則，結構成分不同所形成的不同結構，必有不同的意義；「琵」、「琶」兩字的義素是不同的，他們在「琵琶」詞中的角色也不同，雖然個別也可代表該樂器。在音譯而連綿成詞中，藉由動態的，對該物品在腦中前後不同的感覺（音、義結合）變化，而成就「琵琶」的意義。這無礙於單一漢字本然的內緣詞性。

　　漢字的表義度，曾在解析詞素中受到質疑，主要集中在「囫圇吞棗」的表義現象。蘇新春（1994）指表義度的弱化是指字形表義能力降低，使人們由形體聯想到原始意義的可能性減低。說的就是單一漢字的表義能力降低；人們或會下斷言：漢字的表義度不足。其實這種說法偏離了問題的焦點，好像陷於音或陷於形的窠臼。一、縱然某些漢字的表義路徑產生變化，而人能否從形辨義，是人的使用及辨識能力問題，不是漢字的本性使然，縱然某些漢字在時間洪流中變了樣，例如「舊」被簡化為「旧」，這很明顯是簡化的知識的問題，重要的是，構字不離原則。

從漢字解析得詞素要的只是形（形自有音）、義的關係；只要兩者的從屬關係還在，便不失詞和詞素的關係。二、漢字的表義管道，雖大可藉助於字形，但形並非唯一的管道，例如以音表義（「青」之於「清」）當然可行。在每一漢字形、音、義俱全的鐵則上，說某些漢字只是表音符號而不表義，是片面不全的作法！例如將焦點停在多音擬聲詞上，實是向下析詞未盡的表現。

　　總之，對英語的詞義，結構既影響詞義，有時卻無能為力。因此求助於構式語法來解義。這也不可以苛求於漢字義。既然已說是詞素文字了，漢字的詞素義不是問題。是否每個漢字都有獨立詞素義，而且是在約定俗成之中？漢語單字的構形義、形體義、詞彙義（周祖庠，2011）都有獨立詞素義。漢字義的詞性就是獨立的詞素義。

（四）和英語詞概念一致的漢字內緣詞性

　　竺家寧（2009）說：「詞彙就是音義的組合體。漢字最主要的構造方式是形聲，形聲字就是由意義和聲音兩個符號組合而成的。」（13）。用肯定敘述成分「就是」表達對詞彙的認知。他並沒提到需否自由獨立使用的問題，把這看成定義就是純詞彙；以下論述漢文字就是這種純詞。

　　以純音義結合的觀點說漢字的語素：漢字以音表義是透過單音節完整呈現，透過人們心理辭典的認知而呈現意義。因此，音、義關係有其獨立性。周祖庠（2011）對語言的音義關係說：一、根據事物與語音形式之間的某種關係來確定語音形式。二、語音一旦被確定下來後，語音與語義之間也就具有了固定聯繫，即必然性。三、基本詞彙語音一旦被約定下來後，隨之衍生出來的詞彙，其語音形式就要受到基本詞彙語音的制約。他說：「語音與語義之間就有了系統的對應關係。」（275）。儘管漢字詞的語素音和詞音有時頗有差距，但經上述音、義關連的過程，

說明漢字的語素，是音、義結合獨立呈現，即是獨立語素。

例如「珏」音和「琵」音不同，「珏」音所示的「玉質物品」（本義：雙并玉）義[2]在「琵」中明顯可見，「琵」不能沒有它。「珏」作爲「琵」的獨立語素，沒有絲毫勉強的成分。再從加了「形義結合」的語素說漢字內緣的語素：「珏」形所示的「玉質物品」（本義：雙并玉）義並無礙其音所示的同義，反而更具象化。這種形不礙音的現象，成就漢字內緣的音義結合的獨立語素。

有獨立詞素，難怪對漢字詞性的表態最明顯的，莫過於《馬氏文通》（馬建忠，1898）了。朴雲錫、陳榴（2002）羅列《馬氏文通》的語法體系，表示「詞」的，有「名」（如公名）、「者」（如發語者）、「字」（如指示代字，外動字、內動字）、「靜」（如象靜）等。表示語法單位如主語、賓格、短語等的，便用「詞」、「次」、「讀」、「句」等。漢字本來就具詞性，馬建中碰到英語「詞」，很自然以「字」和它相對。

現在比照「英語詞素與詞差別表」，做「漢字詞素與詞差別表」。請見表 12。

這個差別表凸顯的是，單一漢字更適合於漢字內部的解析，因爲能從漢字進一步切分更小的語音——語義形式。例如英語的詞根、詞綴，詞根是主要意義，詞綴是附加意義，例如 maker 的 make 的主要意涵是「製作」，er 是 maker 的附加意涵「的人」。而漢語「琵琶」這個多音詞，「琵」被認爲不是語素，但向下分析，可得「比」這語音——語義形式；又如「走」這個詞根，加詞綴而有「赴」這新詞；這都看出漢字義的獨立性。

---

2 也有學者認為「珏」是象琴之形而非雙并玉之「珏」。作者以為，無論象琴之形或雙并玉之珏，在此都表義（類）。依共時「平面論詞」的主要原則，論詞者即作者認為以雙并玉之「珏」呈現，是符合形態學中「形」的標準的。

表 12 漢字詞素與詞差別表

	項目	詞素	詞
形	元件	字元及其他準字元元件	諸元件組合成方塊字
音	音的有無	有些元件例如部件無名即無音	一個音節音
義	義素與義位	單義	可多義
詞素	型態	有字元及準字元之別，在詞必有字元	有些漢字詞可切割成幾個詞素（字元）

　　人對語言的認知及研究的目的不同，對詞義的解析自然有所影響。試想那「武」字，知造字之由的人，會解爲「趾人執戈爲武」；僅知表面意旨的人，會解爲「止戈爲武」。這種人文差異，析詞也難免。進一步說，漢字（華語）聲韻母結合的音韻變化，對探討詞素的影響也不容小覷。例如唇音聲母的語音變化，「非」音的演變：[piuei]———→[fei]（ㄈㄟ；fēi）（國立台灣師範大學華語語音學編輯委員會，2009，113）。這對從字音探討語素音造成「不一致」的轉折，及詞音及詞素音歷時性的演變，導致從漢字解析詞素時，會有詞和詞素音不同的情況，例如形聲字的聲旁已變音，但該形聲字卻以本音出現，則依聲旁而來的詞音便不同於聲旁音。雖然我們依英語詞說漢字，但音位因素及聲韻母結合的音韻變化，英、漢既然不同，在考慮漢字內緣詞性的語素音時，自然可做獨立的考量，以符合漢語的實際。

　　米勒（1996）自承「不知道該如何對待複合詞素的字，例如從波士頓到芝加哥（Boston-to-Chicago）這個複合詞被視爲一個字。……雖然它包含了不只一個詞素。」（引自洪蘭譯，2002，62）其實就詞的獨立

性而言，Boston-to-Chicago 這個型就是一個詞。英語用型表音、表意，也表音義結合體，本研究理出的一串可指書面形、語音、語義。漢字的「一塊」除了指字形，字音因爲是滑融而成，便可說是一塊。從型的高度說，一串和一塊是對等的，關鍵在彼此各自對外的區隔。從一串或一塊獨立出來的音義結合體——語素，只是不考慮書寫形的獨立個體，而都有獨立語素的地位。因此漢文字與英語詞取得型和獨立語素的一致性。

接著總結和英語詞概念一致的漢字內緣詞性。概念是：獨立義用獨立音表現，也可以有獨立的書寫型，其中含獨立詞素。特徵是：一塊而非多塊，且詞型可不同於詞素型，詞素型可因構詞而變化。

第三節　驗證

　　傳統所謂詞性只是詞類；要用它和本研究的詞性對比，以驗證漢字尤其擬聲類用字可以詞的身份立足於詞彙學，勢不可能。然其呈現的詞彙現象，如由語法結構分類出的單純詞：單音單純詞、多音單純詞；合成詞中的派生詞：前綴派生詞、中綴派生詞、後綴派生詞、前後綴派生詞；合成詞中的複合詞：並列（聯合）複合詞、定中複合詞、主謂複合詞、動賓複合詞、動補複合詞。這可做為漢字詞的另一參照點。但本研究既從漢字析詞，只要能從單一漢字解析出英語詞所具的形、音、義及獨立語素等類型，便可驗證本研究無誤；因此本節第一部分是單一漢字的語素、詞性、詞用的展現。漢字詞性的展現有它的法則，第二部分便是漢字內緣構詞法的原則、方法及有限性；除了提出，也對比英語構詞法以為驗證。和上述本研究的重要性相關的，便是第三部分：漢字內緣詞性的功用，及第四部分：漢字詞在社會、語法的展現；兩者都在傳統的語言環境驗證漢字詞的可行性。

一、單一漢字的語素、詞性、詞用的呈現

　　上述「研究方法」將漢字分成兩類，一是擬聲類漢字，一是非擬聲類用字。兩類的語素、詞性、詞用，以本研究提到的字為準，整理與補充如下。擬聲類用字所舉例字，先分類，再以兩字一組呈現。漢語拼音在注音符號之後以括弧框示，無音而所擬之音也以括弧框示，以標示該字的獨立詞素，作為詞性的主要內容之一。因非擬聲類用字是一般所謂的「單字成詞」字，不論它的語素有幾個，都不影響它的詞性，需要說明的內容不多。因此作者將主要的說明內容放在擬聲類用字部分，並以擬聲類用字為舉例對象，方便讀者對照。所為解釋，參考龔恆嬅（2008）及谷衍奎（2008）的說明為主。

（一）非擬聲類用字的語素、詞性，與詞用

如上所述，這類用字已被認為單字成詞，因此將非擬聲類用字的語素、詞性、詞用舉例表放在文末的附錄，但對其中涉及析詞原則的事項，在此說明，方便之後供作提出新構詞法的參考。

1、構式詞法（比照構式語法的理念用於詞法）：例如「的」析得白、勺。這是把握型態原則而得的結果。這裡「白」的本形是「日」。就語素分析法所重視的表面結果說，以「白」與「勺」呈現語素便足夠了。就分析語素的作用功能（教、學）說，以「日」顯示也是可以的。上述對「的」字解析，是從漢字形象講構式，說的就是對漢字正常變化、訛化產生的現象進行的講解。

2、多樣解析，無礙為詞：單詞多義是語言的共性之一，英語詞也不例外。不同詞義的詞，解析語素時各有考量。對「胡」字解析了，但當它外構成胡人、胡不歸、胡同而含意不同時，不是「內緣」的範疇；解析內緣詞性不能和外構詞混淆。現存「不」的本義有歧異：倒著的花萼，及鳥飛上翔不下來。從先義後音的原則，這會影響對語素的解析。然而就本研究的詞性說，不論本義為何，都是獨立語素都是詞才是關鍵。漢字從形可得義的特性，使得例如對「卅」的解析，也可以有上表括弧中的「十」語素。同樣無礙「卅」之為詞。

3、語素義和詞義的距離：糸是細絲。彖是宰後掛上之豬牲。緣的本義是衣服的飾邊，是從本義中的「掛」義加上衣服的糸性，再把它細微、邊緣化而成，當今也作「原因」解釋。緣從糸彖聲。這彖聲和緣聲今音大不同，不能因此說兩者無聲音的因果關係。如上述論 'I' 與 'WE'，如到同音而止便無法向下分析該分析的成分。要分析真正的語言要素——語素，在漢語就要追根到語音、語義的來源。這般追究的結果所呈現的語素，竟符合外來詞的要求：獨立的音、義結合體。這些語

素的音、義和該詞的音、義關係在歷時的變化中呈現，使得這種解析比英語深入而具體。當然，變化產生的理解困擾是有的，但與 WE 的無法下析（尤其受制於當下的音）比較，又顯出它助益人們理解的蛛絲馬跡，是英語目前的語素分析所沒有的功能。

（二）擬聲類用字的語素、詞性，與詞用

導致多音擬聲詞被歸類為多音單純詞，就是呂叔湘（2002）的話「套用（西方）現成結果」（引自何九盈，2000，8）的現象。本研究自然不套用那現成的結果，而轉向從單字解析。以下所舉：

連綿詞的例字：輾、轉；顛、沛。音譯詞的例字：梵、剎；模、特。擬聲詞的例字：琵、琶。說明於下。

1.每個例字都是獨立語素，也都是詞

獨立語素已如上述，和非擬聲類用字一樣，每個例字都是獨立語素，也都是詞。

2.語素形

漢語「文字構詞」在形的表現：就語言而言，詞是獨立的音義結合體。但漢語因為「以形表義，再以義表音」的功能，能呈現構詞成分成就構詞結構。以人們認知「輾」字為例，「車」以形表「輾」的義（類），並和「展」結合成為「輾」的圖式（基模）。因為有「車」這個「義類之形」（非「書寫之形」）才成就「輾」的概念。「展」字的表音在結合之後發揮功能，它所呈現的是「輾」音而非「展」音，更不是「車」音。雖然「展」、「輾」兩者發音相同，但身份不同。人的心理辭典以「輾」的音、義呈現。

　　無論從書寫之形或心理辭典之形，熟悉漢語的人們總能析出「車」與「展」；而熟悉英語的人的確知道 boycott 不可析出 boy 及 cot't 兩個語素。這也說明先依義不純依音的解析語素原則是漢、英一致的事。

3.語素音

　　造詞過程或歷時音變造成的語素音不同於詞音，如「剎」的獨立語素。剎：形：殳（也用於「殺」）。音：無音，擬音「ㄕㄚ」（在下表以括弧表示，例如（ㄕㄚ）。）這是由上向下擬音：剎既由下而上從「殺」省聲，現在要由上而下析詞，自然可由上而下擬音，以還原本來成分。義：寺廟（以音表義）。語素音ㄕㄚ 與漢字詞「剎」音ㄔㄚˋ不同，是「省聲」的變（音之）形現象。對比英語，例如 bookstore 的音也不同於 book 的音；前者是KK:[ˋbuk͵stor]，後者是KK:[buk]。

　　當然，上述英語的現象是詞音內含語素音，這在ㄔㄚˋ和ㄕㄚ中ㄚ音被內含。雖然如此，詞音一定要含語素音嗎？漢語的詞音結構不同於英語，單音節的語音發成單音，不像英語的單音節的語音可以是多音相連。例如「點」音呈現的「現象」只是一個音，而不是含聲調共五個部分 diǎn 依序明顯呈現。其中 an 已先融合成一音，再和音調融合成一音，再和 i 音融合成一音，再和 d 融合成一音。又如漢字詞「顛」，「從頁從真」，會意兼形聲，真也兼表聲。真和顛的今音不同，但音的關係不變，即「顛」音由「真」音而來。「真」當然是「顛」的語素。內含的方式，英、漢系統不同，漢字呈現語素音的方式，自然不同於英語。但這無礙漢語的語素音的地位。

4.語素義

　　連認為漢字表義有時囫圇吞棗的楊錫彭（2003）都承認語素具有「模糊性」（175）。作者以實例，進一步說明擬聲類用字的語素義及相關性質。上述「癌」義的變化說明，隨著時間、空間的條件變化，人對漢

字的解讀也可能因認知度而不同，但它總在該時間點被定位，即平面性的解詞。單一漢字的義，依周祖庠（2011）所論，有構音義、語音義、詞彙義，構形義、形體義、詞彙義，我們比照這個模式說語素義。他說的詞彙義，無論從音來還是從形來，都包含對外構詞即多音詞的意義論述。這和單一漢字不同層次，本研究不採該說。構音義和構形義原則上可呈現本義；語音義和形體義是歷時中某點的呈現，這個某點便是當下共時的呈現，最符合本研究從現象解析詞義的要求。因此，作者採語音義和形體義爲主，構音義和構形義爲輔，進一步對語素義論述。

　　論語詞他用的意義同一性。依上述，獨立成句例如答話句的基礎必含語境。因此，只要語境適當，每個漢字都可獨立成句。就楊錫彭（2003）所說語素他用的意義同一性而論：詞用（外構）例如顛沛（癲沛、巔沛、顛配？）：

　　既然連綿詞的字往往無定型，癲沛、巔沛、顛配的音可代顛沛的音，有了音自然表義，於是「癲沛」音就表「顛沛」義了。因此在考慮語素他用的意義同一性時，不能將異形的不同意義視爲不具同一性，因爲這裡看中的是該異形字的音在這詞中所表的義（顛沛）。因此癲、顛在此具有意義同一性（表音以表義）。這原因乃在：外來詞在只考慮音、義的情況，音都相同，當語境不變時，聽者的理解是相同的「顛沛」義。就外構詞說，顛沛（音）、癲沛（音）、巔沛（音）、顛配（音）都具有意義的同一性；就單一漢字的音說，顛（音）、癲（音）、巔（音）、顛（音）具有意義的同一性；同此，沛、配具有意義同一性，雖然語符結構不同，但是發音相同，他們各自一經表音所表的義，卻是同義（即「配」表顛沛的「沛」義：雜草叢生的地方，在「顛沛」中指雜亂的環境）。就此而言，漢語語素或詞的意義同一性就更廣了，因爲同音字多。

　　這種對意義同一性（詞用）的講求，雖然漢字詞以多音現象而足可

被認定爲獨立語素——詞，但它是語用詞用現象而來，非本研究從單一漢字詞內緣探得的獨立語素義。顛的本義：頭頂，沛的本意：水草叢生的沼澤地；意義獨立，都可在語境條件充足時自由他用，這才是獨立語素的本質。

　　語素義的有限性。「特」的語素之一「牛」：有四隻腳的其中一種動物。這般多重人文現象（四隻、腳、其中、一種、動物）的解釋內容，讓人看到語意的有限性，其實只要一張圖或一隻牛的實體便可理解該漢字詞。即任何獨立語素義都有它表達的有限性（如本研究對「琵」、「琶」的釋義），那就要靠語言的主體——人在語素和詞中間牽線、解析。綜合語素的形、音、義，本研究所得的語素，不是憑空指認得來的。

5.論最小單位

　　如在「研究方法」本研究總體論語素時，先不考慮「最小單位」，僅就音、義結合體說語素。現在就詞內部的階層性說，以「特」爲例，階層如圖4。

　　這是就音、義結合說的，而不是就書寫的形說的；現在呈現這五個形，只是因爲在這篇論文是以書面形式（含電子形式）呈現的。漢字內部的階層性是普遍的；單一語素內部可能又有語素，最下層語素才是最小單位。因此，從詞的所有語素（不論「最小」與否）說，「特」有五個語素：特、牜（牛）、寺、之、又；就詞的組成說，之、又組合成寺，牜（牛）、寺組合成特。傳統析詞追求那最小的單位；但英語析詞追求最小單位的同時，也謹守獨立形、音、義及音義結合的型態原則，否則從 boycott 便會誤析出 boy、cot、t 了；再說，論漢字是否爲詞，只要找到字中的獨立語素便成事，而獨立語素最直接在詞本身或詞之下的第一層成分；因此本研究的詞素例，不論其最小與否。

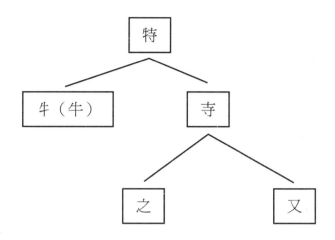

圖 4：漢字「特」的內緣階層圖

6.詞用

　　斯大林（1971）的話：「詞匯它好比是語言的建築材料。……語言的詞匯也不就是語言。」（17）；葛本儀（2001）說：「形成為音位的音素只能是音節的建築材料，詞素只能是詞的建築材料，……詞匯作為建築材料，就是用來組成語言以進行交際的」（4）。兩人顯示的由大而小的階層：語言、詞彙、詞素，及音節、音素；凸顯了詞彙和語言之間存在距離。進一步引伸，便是句子畢竟不同於語詞，所謂能獨立成句的語詞，需要外加語境才能成真。因此有些漢語的詞難找到詞轉它用，漢字的詞素難找到詞素他用的情形，並不影響漢字詞擁有內緣詞性。進一步說，表列的詞用內容，便表現在特定語境下該漢字的獨立性。由上述說明了每個漢字都可依此標準判定是否為詞，包括所謂擬聲類用字。更具體說明如下：下表參酌藍世光（2013）的「擬聲類用字的語素、詞性、詞用分類舉例表」（81）而再創發成表13。

表 13 擬聲類用字的語素、詞性、詞用分類舉例表

詞類	用字	字義	語素：語素形（書寫符號）、語素音、語素義、構詞功用	詞性	詞用
連綿詞	輾ㄓㄢ∨（zhǎn）	翻來覆去，來回轉動。	1. 形：展。音：ㄓㄢ∨（zhǎn）。義：舒衣而坐。以音表義。 2. 形：車。音：ㄔㄜ（chē）。義：有輪的行具。以形表義，再以義表音。	獨立語素：展、車、輾。	輾過
	轉ㄓㄨㄢ∨（zhuǎn）	迴環、旋動。	1. 形：專。音：ㄓㄨㄢ（zhuān）。義：旋動紡磚。以音表義。 2. 形：車。音：ㄔㄜ（chē）。義：有輪的行具。以形表義，再以義表音。	獨立語素：專、車、轉。	轉彎
	顛ㄉㄧㄢ（diān）	頭的頂端。	1. 形：真。音：ㄓㄣ（zhēn）。義：美食、本質。 2. 形：頁。音：一	獨立語素：真、頁、顛。	癲狂、（顛峰）

		せ丶（yè）。義：。以形表義，再以義表音。		
	沛ㄆㄟ丶（pèi）	水草叢生的沼澤地。	1. 形：水（氵）。音：ㄕㄨㄟˇ（shuǐ）。義：河流、分子式是H2O的流動物質。 2. 形：巿。音：無音。義：叢生的草類，含「多」義。以形表義，再以義表音。	獨立語素：水（氵）、沛。	充沛
音譯詞	梵ㄈㄢ丶（fàn）	「梵」在這裡的意義是「梵摩」的全義「清靜的」。是「芃」的俗字。	1. 形：林。音：ㄌㄧㄣˊ（lín）。義：多木之境。以形表義，再以義表音。 2. 形：凡。音：ㄈㄢˊ（fán）。義：清靜。以音表義。	獨立語素：林、凡、梵。	梵谷、梵眾
	剎ㄔㄚ丶（chà）	土、土田、國土；寺廟。是「剎多羅」的	1. 形：刀（刂）。音：ㄉㄠ（dāo）。義：切割的工具之一種。以形表義，再以義表音。	獨立語素：刀、杀（殺）、剎。	古剎

		省稱。	2. 形：杀。音：（ㄕ ㄚ）（shā）。義：寺廟。 以音表義。		
	模ㄇㄛˊ （mó）	木製的型 範 。 榜 樣 。	1. 形：木。音：ㄇ ㄨˋ（mù）。義：樹 的材質。以形表義， 再以義表音。 2. 形：莫。音：ㄇ ㄛˋ（mò）。義：型 範。以音表義。	獨 立 語 素 ： 木 、 莫、模。	車模
	特ㄊㄜˋ （tè）	公牛、傑 出 、 英 傑 、 單 獨 、 專 門。	1. 形：牛（牛）。 音：ㄋㄧㄡˊ（niú）。 義：四隻有腳的其中 一種動物。 2. 形：寺。音：ㄙ ˋ（sì）；以音表義， 音變。義：操持。以 音表義。	獨 立 語 素 ： 牛 、 似、特。	波 特 （ 人 名）
擬 聲 詞	琵ㄆㄧˊ （pí）	一種撥弦 樂器。	1. 形：玨。音：ㄐ ㄩㄝˊ（jué）。義： 雙并玉。以形表義， 再以義表音。 2. 形：比。音：ㄅ ㄧˇ（bǐ）；以音表	獨 立 語 素 ： 玨 、 比、琵。	琵 露、琵 雅 絲、玩 家 琵 族

			義。義：一種特定的樂器。以音表義。		
琶ㄆㄚˊ（pá）	一種撥弦樂器。	1.　形：玨。音：ㄐㄩㄝˊ（jué）。義：雙并玉。以形表義，再以義表音。 2.　形：巴。音：ㄅㄚ（bā）；以音表義。義：一種特定的樂器。以音表義。	獨立語素：玨、巴、琶。	琶音

備註：

「輾」有兩音：ㄓㄢˇ（zhǎn）及ㄋㄧㄢˇ（niǎn）。本研究配合「輾轉」，用ㄓㄢ
ˇ（zhǎn）音。

將同一和弦的音，依上或下的順序彈出，稱為「琶音」。（教育部國語推行委員會，
2007）

模：模特兒：法語的音兼義譯，譯為文藝創作的參照物或原型，也指展示服裝的人
或人體模型：女模、男模、名模。（谷衍奎，2008）

　　或有人會說：「只舉少數幾個例子，無法證明漢字具有完整的詞性、每個漢字都是詞。」當看了詞的考慮因素，以及詞性的內涵，還有這種疑問，代表人要甩開「錯誤」的慣性是不容易的。已多次提到，詞性不同於詞用，現在舉例「詞用」，只在說明它的獨立可用。進一步說，英語詞只是因為含有或等於獨立語素便被歸類為詞。

二、詞法對比對漢字內緣構詞法驗證

呈現了語素、詞性、詞用，但對詞性解析的法則，需要能夠驗證，才可以適行無礙。以下先總結上述析詞的經驗，提出漢字內緣構詞法的原則、方法及有限性，然後透過英語析詞法驗證漢字內緣構詞法。

（一）漢字內緣構詞法的原則、方法及有限性

作者不揣淺漏，從英到中探詢漢字的內緣詞性；如漢語的「相」字從音取出音義結合的詞素，無法得「木」、「目」兩個詞素，只能得「相」詞素。但「相」明明就是由「木」、「目」兩者結合而成。只要經過深度解析，參照詞素與詞可不同形、詞素構詞會有變形的情形、漢字造字法，便可得音義結合的「木」、「目」兩個詞素。這般解析的方法，本研究稱之為漢字內緣構詞法。現在進一步整理漢字內緣構詞法的原則、方法及有限性，以明確本研究的作法。這待專家、學者指教。

1.漢字內緣構詞法的原則

[1]從型態學出發的原則：即從句下析而得到詞型是一串的對等單位即一塊。

[2]比照西法，向塊內探詢獨立詞素的原則。

[3]先解意義結構成分的原則。

[4]從音探詢的原則。

[5]從形探詢的原則。

[6]從詞素構詞可能產生變化的原則。

[7]從回歸音義結合體的原則。

[8]從大到小的原則。

2.漢字內緣構詞法的方法

[1]斷詞即分詞。對「漢字有內緣詞性。」斷詞經「漢字、有、內緣詞性。」到「漢、字、有、內緣、詞性。」再到「漢、字、有、內、緣、詞、性。」

[2]取詞。從「漢、字、有、內、緣、詞、性。」中取「詞」。

[3]從義探詞素。詞是「人所說，能表義。」

[4]從音探詞素。從音、義結合的「詞」詞音，由語言學知識「司」、「詞」古音同但調不同（閩南語）而得「司」音。

[5]從形探詞素。從音、義結合的「詞」詞形得「言」、「司」。

[6]從音義結合確認詞素。成就了「詞」，反觀自身：「司」音「ㄙ（sɪ）」，「司」義「主事」，是音義結合體。「言」音「ㄧㄢˊ（yán）」，「言」義「說的內容」，是音義結合體。「司」主表音，「言」主表義，都是字元而可作爲獨立語素。

[7]向下析至最小。「言」、「音」同源。「音」是「口」吹樂器（形符），是會意字。「言」依此是「字元」，而「口」是最小的獨立詞素。「司」從「口」從倒匕（倒匙形符），是會意字。（同上）。「司」依此是「字元」，而「口」也是最小的獨立詞素。純論「最小的音、義結合體」的語素就是「口」，它與「詞」是間接關係。

[8]把握型態（音、書面形）原則，取在意義上可直接眼觀或耳聽而得的語素和該詞具直接關係的語素。此處是「言」、「司」，再加「詞」自身爲語素。

3.漢字內緣構詞法的有限性

構詞法研究是專家的事，析詞卻是專家，與普羅大眾尤其是教育與學習者的事。試圖作為漢語構詞法的基礎，漢字內緣構詞法在操作時，可依操作者的需求選擇性操作，例如上述對「口」字的表述可有可無。如此才不會「鑽牛角尖」。當然，如上述對禾的擬音，是因：既然當下要使用，便擬音以方便訴說。這符合人因需要而發展語言、製造文字的軌跡走向。

析詞時，當直接看不出詞與詞素的關係，才訴諸間接關係。語言、字詞的武斷性例如 boycott 被歸為獨立詞素與詞，而非 boy 與 cott 的合成；漢字，尤其訛化漢字也不例外。但它總有歷時的解說路子或共時的構詞理據。

4.英、漢構詞法相互驗證

論英、漢構詞法相互驗證，而不是以英法驗漢法；乃因語言各有個性，在個性的基礎上驗證，自然會呈現大同中的小異，而可互相驗證其原則、精神的一致性。漢字內緣構詞法與英語析詞法的對比在表 14。

表 14 漢字內緣構詞法與英語析詞法對比表

項次	項目	漢字內緣構詞法	英語析詞法
1	解詞的單位特徵	一塊	一串
2	詞的語法單位	漢字：單純詞、獨立語素、附著詞素、表音符號	英語詞：單純詞、派生詞、複合詞
3	詞的內緣型態	形、音、義	形、音、義

4	解詞對形、音、義的順序	義、形、音	義、音、形
5	數量上分析的主要依據	形	音
6	停止分析的型態依據	無具義之形可析	無具義之音可析
7	停止分析的大小依據	能識字而止，多在詞下第一層；可由大至小以階層呈現	最小語素單位；可由大至小以階層呈現
8	獨立語素的認定方法	從形、音、義的獨立性認定，能獨立成詞，能獨立成句	從能獨立成句再能獨立成詞及從具有獨立意義認定
9	所得語素型態	音義結合體含書面形	音義結合體含書面形
10	對語素單位的稱呼	字元即獨立語素、準字元即非語素	獨立語素、附著語素、表音符號
11	解析後詞的語法單位	漢字詞：單純詞（詞內的結構分類可再議）	英語詞：單純詞、派生詞、複合詞

　　獨立語素的認定方法牽涉詞性、詞用的差別。英語的析詞法從既有的句、詞下手，是詞用的範疇，但顯示的也是詞性的能力問題，而不是詞彙使用的問題。因此漢字內緣構詞法找出詞性而凸顯漢字詞，呈現能獨立成詞、能獨立成句，而不論是否已獨立成詞、已獨立成句。停止分析的型態依據主要遷就文字類型；漢語形、義關係密切，故從無形而止；英語音、義關係密切，故從無音而止。兩種構詞法儘管有差異，但都以義為先，得音義結合體含書面形的獨立語素；而使漢字全以單純詞呈

現，符合本研究的法則與目的。

接著從英語的具體構詞法：複合構詞、逆生構詞、重疊構詞、派生構詞對比、驗證，其中牽涉漢字詞內的結構分類。

從複合詞說中、西語法對比。「英語複合詞亦存在偏正式（snow white）、主謂式（heart attach）、動賓式（peace loving）但缺乏聯合式。」因此，某些構詞法在英、漢不對等，不都存在，是正常的現象。再說，在英語的複合詞而以空格分開，也不是華人學者才這般表現的。Fromkin、Rodman、Hyams （引自謝富惠、洪蕙如、洪媽益譯，2011）也這樣顯示，如「smoke screen」（81）。由此，多音擬聲詞是否可以不同的聲音「複合」呢？因為它們的字間有漢字的四方虛框隔開！就算不同的聲音代表相同的意義（依構形義便不可能），多音擬聲詞的字字之間還是獨立的個體，例如「琵」、「琶」不同，音、義結合（而不是只有義）以後還是各自獨立的個體。向漢字內緣說，複合構詞的漢字很多，多數會意字和形聲字便是，例如「日」加「月」成「明」，「古」加「月」成「胡」。

從逆生法說中、西語法對比。

> 逆生法是英語獨有的構詞法。它是把已經存在的較長的單詞刪去想像中的詞綴，造出一個較小的單詞。以 peddle（叫賣、散播）為例，peddler（小販、傳播者）比 peddle 先存在，peddler 的前面部分被提取出來，分析成詞根，實際上英語中並沒有這樣的詞根。」（王安、王桂芝，2013，116-118）

雖說逆生法是英語獨有的，但它和漢語的漢字內緣構詞法頗相似！「剎」字的杀從「殺」省聲，再和「刂」字結合為「剎」，便是逆生造

詞。另外，漢字「訛化造字」的歷史紀錄，成爲解字的重要根據，這也可和英語的逆向造詞相媲美。

從重疊構詞法說中、西語法對比：英語的重疊極少。「go go（充滿活力的）」（王安、王桂芝，2013，118）作爲重疊構詞法的複合詞，也是有間隔。漢語的重疊就很多了。名詞「天天」，形容詞「紅紅」，副詞「快快」，動詞「掃掃」等都是，也是獨立方塊，各自隔開。然而從漢字內緣說，疊、磊、焱便可是重疊構詞法。

從詞綴說中、西語法對比。英語有「零派生」（zero derivation）（王安、王桂芝，2013，116）例如：mother 派生 to mother。說是「詞在派生過程中沒有添加任何詞綴（許余龍，2008，102）」（王安、王桂芝，2013，117）漢語只要視同形異義的單字詞，例如表以嘴進食的「吃」（吃飯），和表「遭受」義的「吃」（吃驚），便是零派生。

英語詞的詞綴往往具有概括義，例如 re-有重新義。漢字詞的字元和準字元中，字元都有聲有義，準字元往往無音但有義。如果要將準字元看成詞綴，固然可以；因爲英、漢字法不同而這般認定。但從義先於音、形而論，可將形聲字的聲符看成是漢字詞的詞綴。這樣概括義強的形符作爲詞根，雖異於英語概括性強的是詞綴，但便和詞族的祖詞一致了。

英語的「類詞綴」例如 gate，獨用時是門、路的意思，做詞綴時成爲「表示和醜聞有關的事件」，例如 Irangate（伊朗門事件）、Camillagate（卡米拉事件）。派生（附綴）構詞法作爲創造新詞的重要方法：

> 漢語詞綴既包括「真正的詞綴」，如「子」、「頭」等，也包括「類詞綴」，如：「飛、超、凡」等。詞綴的限定一直是一個比較有爭議的話題。以上提到的類詞綴即那些可以「差不多可以算是前綴或後綴，但因語義完全沒有虛化而以詞根面貌出現的詞

綴」（呂叔湘，1979，48）例如作為前綴「非」可以構成「非理性」、「非職業」等，另一方面，它也可以以詞根的形式出現，如「非常」、「非得」。（王安、王桂芝，2013，116-117）

由此看到，漢字是否為詞綴，也不是固定的。而詞綴一般被認為是派生詞的附加部分（不自由詞素、黏濁詞素），不能單獨成詞。由此進一步發現，漢字能否單獨成詞，不是現有的詞綴理論所能一定終生的。

縮略構詞法沒在 Fromkin、Rodman、Hyams（引自謝富惠、洪蕙如、洪媽益譯，2011）的構詞學專章出現，漢語學界甚至有人（楊錫彭，2003）認為是「重新分配」而不認為是構詞法；但它在不同語言中卻很普遍。"Director General of ATLH（語言公益），Taiwan"（取自某名片內容）的 ATLH，只要不識該語言公益單位，便不知其意；但這種使用方式是普遍的，說明它可被大眾接受，而這種縮略和前面的 Director General of 成為一個語辭單位，ATLH 是個詞。由此，縮略構詞法也是造詞法的一種。漢語的縮略構詞如「文、教單位發揮了大作用。」文、教是「文化教育」的縮略；這是非擬聲類用字。擬聲類用字如 `Bar' 的正式音譯是「酒吧」，後來被縮略為「吧」而有「網吧」。單個擬聲類用字在縮略法可有很大的發揮空間，漢字如此，英語也不惶多讓：B 代表 B clase，B 原本是純表音的字母，當從 B clase 縮略出來（His score is B.），純表音的字母變成有意義了。英、漢詞性的動態表現，在表音符號及擬聲類用字都可行，這拜縮略構詞法之賜。

總的說，英、漢構詞法大同之中的小異，並不影響可找出和英語詞概念一致的漢字的內緣詞性。雖然漢字內緣構詞法的詞以能用（能成詞成句）而非已用（已成詞成句）為標的，但能用的基礎之上的已用、未用狀況，可看出詞性之實存。因此以下分別是單一漢字獨立運用，及時空變化中的展現兩個單元，以驗證詞性之實存。

（二）單一漢字獨立運用

獨立單用是漢字本含的能力，不像外構詞受到語法、語境的限制。是形、音、義獨立具足，並且彼此成就，所以是獨立語素而成為詞。這種成就分顯形之用及隱形之用。

1.顯形之用

（1）造字完成當時之用

陳嬋（2011）說「外來詞借入漢語要經過漢化加工」（95），這和漢字的單用有關。以「琵琶」為例。用的現象舉例：「把這個字『琵』叫做『ㄆㄧˊ，pí』，表示琵琶這種樂器的第一個音。」及「把這個字『琶』叫做『ㄆㄚˊ，pá』，表示琵琶這種樂器的第二個音。」

以「琵」或「琶」的結構成分，單字便可表「琵琶」義，但為表近似音（音譯詞以漢字表示，不可能全同於原音），也考慮節律的協調，所以會用「琵琶」兩字。這是可能的，也是自然的。而這裡已先單用了。

（2）造字完成後之用

甲、一般

接話單用：呂叔湘（1980）指古時候所謂詞是虛字的意思。「的」作為虛字，例如：張：「這是誰的？」王：「這是他──」李：「的──」這裡李說的「的」的單用（且是單說）固然是接話的內容，但就會話分析的這一話輪來說，是獨立完整的表述。

乙、音譯、連綿、擬聲等詞的字獨立單用

秉義他用：「默」秉「幽默」義而名化；「幽他一默」中「幽」、「默」與「幽默」的詞類變化，說明「幽」、「默」獨立使用的事實。秉音他用：

連綿詞「琵琶」。後起的「琵鷺」不用別「琵」音，乃因有（想到，近似）琵琶音。作為象聲詞的成分之一「琵」，這個聲音符號「所指」可以是樂器之一「琵琶」的實體及其所發聲，也可以是「琵鷺」的實體及叫聲。原是「琵琶」的「琵」，從語料庫（中央研究院語言學研究所中文詞彙網路小組，20120102）搜得 103 筆「琵」字的資料。其中琵鷺、黑琵、琵伊雅、琵妮、琵琶、玩琵家族、琵珀派拉柏、琵耶絲、琵雅絲、琵諾、琵洲都有「琵」字。不管它主要表音還是表義，都是轉至他處以外構的方式獨立使用。

　　內緣詞義（即單字義）的獨立性。例一、「奧客」是華語方言（閩、臺）的音譯詞，表示「態度惡劣或殺價厲害的客人」（鄒嘉彥、游汝傑，2008，7）。借用周慶華（2000）的人文精神因素解析語法結構，加上台語的「奧」音可表「爛的」的意思。顯見在這裡，「奧」是音譯漢字並將字意更加具體化使用。透過這般對詞義的解析，「奧」的詞素獨立性當無可疑。例二、「吧」是音譯外來詞，源自英語 "Bar"，意味「酒吧」。現在作為構成新詞的語素，泛指某些具備特定功能或設施的休閒場所。這是很具體的現象和語料。例三、何永清（2005）「多音節語素……幾乎都是外來語的譯音」（38）。例如「哈囉」，透過英漢翻譯，得出打招呼、引起注意、表驚訝等義位，便有三個義素。而「哈囉」的語素單位，一般的說法只有一個，即「哈囉」詞根。但是「哈」作為內緣詞的語素成分，有兩個義素：開口發聲、出「哈」聲；兩者各自獨立，都是詞根性質的語素義。因此「哈」有兩個詞根性質的語素義。同理，「囉」也有兩個詞根性質的語素義。如此，就意義面說，「哈囉」只有一個語素是說不通的。由此進一步說，「哈」、「囉」已各自成詞，而「哈囉」成為「形的複合詞」（作者稱呼）即「哈」跟「囉」的外構詞。

丙、虛詞單用且可解

以「和」字為例，當它作連詞（屬虛詞）而有「跟」義時，義素可以有「+雙方」及「+關係」，而語素義可以是「雙方建立關係」（即「跟」義）。上述許逸之（1991）所言，確非虛語，虛詞及其內涵的語素有事理可解，即有義，且可獨立運用。

丁、緊縮之用

和單一漢字關係密切的是緊縮成詞。讓我們的關係和平好嗎？我們談和好不好？當「和平」的概念被濃縮在一個「和」字，而且聽者和說者都能理解時，便沒人能說「和」不是一個單字詞了。兩個人的對話：「贏還是輸？」「和。」由此看出「和諧」（和平）義的「和」是單字詞。

緊縮成詞產生新語用功能：在情侶間的對話：一人說：「幫我把琵琶拿過來！」另一人挖苦的語言：「你要琵還是琶？」對方說：「我要琵啦！你很皮喔！」。情侶不是特殊人物，這種對話不是人際語言交流的異數；例如親子間也是有的事，一般默契好的朋友間也會挖苦。如此將「琵」、「琶」單用，重要的事實是：聽者懂了，而且也回應了；再說，更能營造新的語意氣氛：一種在鬥嘴中黏著的氣氛。這般「琵」字秉音單獨使用，卻有「義（原詞「琵琶」本義）不轉而句變」的語用功能。在這裡，明明「琵」、「琶」的意思都是「琵琶」，如何不是單字詞呢？

2.隱形之用

甲、正所顯用

（例句1）：「放在這裡的琵琶不見了？」

（例句2）：「放在這裡的琵□不見了？（這裡有一個字我不會寫。）」

（例句3）：「放在這裡的琵不見了？（這裡有一個字我不會寫。）」

（例句4）：「放在這裡的琵□不見了？」

（例句5）：「放在這裡的琵不見了？」

書寫者用例2、3、4、5句都行。言說者可能會說：「放在這裡的琵什麼的不見了？」無論寫或說，「琶」的概念在她（他）腦中起作用，只是說不出。「琵」是一用，說的是一個概念。這概念之所以被用，是由「琵」字而來的。外構詞「琵琶」中單字「琵」之獨立使用，很顯明啊！或有人會說：「原來那『琵琶』才是一概念。『琵』是不成概念的。所以這裡的『使用』，不算『使用』。」算不算使用，不能只依慣性認定的情況，更重要的是看說話當時有沒有達到語言、文字使用的目的。如果達到語言、文字使用的目的，便是「使用」了。這種「使用」是否是獨立的？當然是獨立的！那失去的一部分「琶」在腦中獨立使用了，也在沒失去的那一部分「琵」被帶出來了。因此我們看到擬聲單音字「琶」，被說話者帶著模糊而完整的概念「琵琶」獨立使用了。發現缺字本身已在用字，尤其訴之於口時：「這裡缺了『琶』字。」便是用。從認知語言學的角度說，內緣詞是單用的。人類可透過感官體驗來認知單一音譯字「琵」，再加上「本體隱喻」及「意象隱喻」（楊萬梅、王顯云，2011）的作用[3]，便成「琵琶」的概念。

另一例。當念句而發其音時，因不可抗力而只講一半，例如「我要啤」，說到這裡便因意外狀況（好、壞都可能）而來不及說「酒」。這在言談中的轉換話題或停止話題，是平常的事情。你可以說它未成句。人們的解讀是：「他話還沒說完」，或「他講不到一句話」，並不會因未成句而認為他講錯了。如此在學術性的語言分析上，也是以一個獨立的話

---

[3] 該文論外來詞漢譯，本研究將之用於對音譯詞中單一漢字的認知。

輪看待，地位並無稍降些許。而「啤」在這裡也是單用詞，因為聽者、說者都知其意，也因為「酒」字在腦中用上了。再說，用詞一定要成句嗎？

　　乙、誤所顯用

語誤可能跨越顯形、隱形，所以獨立成一類。「失語症（aphasia）的研究對於瞭解大腦與語言之間的關係，一直是一個很重要的研究領域。」（Fromkin、Rodman、Hyams。引自謝富惠、洪蕙如、洪媽益譯，2011，7）這個觀念也適用於漢語內緣詞。

Pullet Surprisus：「有關語言的詞素及構詞規則的知識通常會在我們所製造的『語誤』中顯露出來。……這些錯誤顯露了這些學生對英語構詞學的知識。」（Fromkin、Rodman、Hyams。引自謝富惠、洪蕙如、洪媽益譯，2011，83）「我今天很「夫」（feeling）！」這個學生對內緣詞的誤用，雖不是教師正常的期待，但也有導正教與學的效果。

漢字獨立單用如此。外來詞單用自有其語法規則。英、漢的語法規則不同，是兩者的間距，但都無礙各自的詞性。

無論顯形之用或隱形之用，都是時間定點的狀況；而漢字詞的使用是動態的，以下論時空變化中的展現。

（三）時空變化中的展現

漢字會有再建構的現象。漢字義的再建構有三種情形：意義他用（例如名詞的「花」朵，他用到動詞的「花」用。）、意義消失（指虛化、功能化；例如指「先生」的老「子」，功能化、概括化成無「尊先」意味的「單位」義（讀輕聲）：「小子」、「我老子」。）、緊縮成詞（意義新生）。緊縮成詞已如上述漢字縮略而顯詞性。

1.從顯性義到隱性義

　　依谷衍奎（2008）「派」的本義是水的支流，有實義；如今用於南瓜派、蘋果派、派對。但前兩個在經過音譯的階段，卻是一般所謂只表音不表義的外來詞成分之一，是顯性表音的隱性義。

　　這時義虛，但也不是無義。至少它表「來自西方的某一種食品」的意涵，是意義消失的走向。

2.從隱性義到顯性義

　　梵是音譯詞「梵摩」（龔恆嬅，2008，06）的成分之一。現在有梵宇、梵刹，「梵」在這裡的意義是「梵摩」的全義「清靜的」，是隱性表音的顯性義。

　　它隱表「梵摩」之「梵」音，顯表「梵宇」之「梵」義。這般分析是根據外構詞的解詞規律：定語結構成詞，是意義他用的走向。

3.不同語言場域的創新變化

　　鄒嘉彥、游汝傑（2008）對當代華語的新詞，不收錄在其書內的，表示「這些詞彙的穩定性及能否擴散到別的地區，都還需要時間的考驗。[4]」（6）這可說明漢字字義變化的發展方向難料。

　　綜合單一漢字獨立運用及其在時空變化中的展現，看到從漢字內緣構詞法而來的漢字詞，與英語詞同樣具有使用的變動性（boy 之於

---

[4] 雖然該書以多音詞為主，但其中單字的情況也相同。

boyfriend 及 boycott）。

三、漢字內緣詞性的功能

　　此處從漢字詞的內部、對外、教與學，說明他的功能。前兩者指一般語文的功能，後者凸顯它的習得功效。

（一）漢字內緣詞性的內部功能

1.字元關係促成音義結合體的功能

　　周祖庠（2011）認為古漢字是由字元構成的。當今漢字也不例外。總之，內緣詞性中形的構成大別為兩類：字元和準字元，統稱字元。單一漢字既是由字元，以上下、左右、內外、包圍、大小等結構方式組合而成，字元間的平面關係提供記憶的線索，漢字詞的意義是靠關係連結起來的。

2.單一漢字多義多音的功能

　　漢字可多義現象的作用是，對地域不同而產生不同構詞中的漢字，方便產生提示本源的效果。例如「模型」和「名模」的「模」字，前者是「范式」義，後者雖不能說沒義，但主要是音譯的「模特兒」義的泛化義「美人兒」。前後兩義在一漢字中有連結、啟示作用，因為都是同一個漢字，也是一詞多義的正常現象。另外，多音的辨義作用，也增添漢字的內涵。因此，許錟輝（2009）美言漢字：「在運用上方便而不呆滯。」（26）要無斷層隔閡之虞，就要彰顯漢字的特性，從字源歷時而共時，呈現每個字的面貌。

3.形、音、義三位一體凸顯語素獨立的詞性功能

從形而得音、義連結的獨立語素和內緣詞性，也是漢字存在的基本價值。回歸最單純的內涵：書形、聲音、意義，各自的獨立性與彼此的關連性是詞性的保證，也是詞用不可無的基礎。

（二）漢字內緣詞性的對外功能

趙元任（1975）指論漢語，詞是輔助性的副題，而且節奏給漢語裁定了多音的樣式。「詞」雖是輔助性的副題，但在當代語言學，還是有重要的地位，但要注意的是漢語的節奏影響力。所以，連綿詞不單是多字連結爲詞，應當也有節奏的考量。節奏「使靜態的語言變成了動態的言語」（吳潔敏、朱宏達，2001），例如利用不同的停止、延遲產生歧義可做成文字遊戲。「就是聲、韻、調序列完全相同的句子，也可以因爲語境和題旨的不同，在調模上顯示出不同的聲學參數，從而傳達出不同的思想感情。」（同上）也就是說，要注意漢字單用和漢語節律所產生影響的不同。後者的影響結果是產生外構詞。經過以上對內緣詞性的論述，得到先前所提問題的答案：一、雙音節的聯綿詞，是兩個漢字的複合產物。二、句法的雙音節聯綿詞，是其內部各字的外構詞。三、如果不從（國際）音標，解讀聯綿詞中的單一漢字的方法是漢字的內緣詞性及其向外建構。

1.漢字對外的建構功能

漢字詞的型態變化包括：詞（字）形變化如正、訛，及甲、金、籀、篆、隸、楷、草、行等字體；詞（字）音多化、少化、其他變化如變音；詞（字）義虛實變化指受到外在語境影響產生的被動認定的變化，並不

影響它完整的內緣詞義。這些變化都無損於內緣詞具有向外建構外構詞的本能（本性）。向外建構除了一、外構詞，二、當然也可成詞組、句、段落、篇章，三、更不可以忘了向外建構另一漢字詞，例如「日」向外加「月」建構「明」這個漢字詞。「日月」是個並列式複合詞，是兩個字，不是「明」一個字，更不是「明」一個詞。因為「日月」是兩個方塊（兩串）的連結，「明」（另外的詞）是一塊。這一塊能夠增加漢字美學的感受，創新語境，而有經濟語用功能，也可參見上述「琵琶」的論述。

2.漢字對外的語法功能

提供語法的語意基礎，提供構詞、構句的精細內涵。在上述「漢字詞性的有無現象」中，提到「不能分訓」有條件限制。其條件指：語境明確限制。例如「這是玻璃。」「玻璃」的上下文「這是」及「。」這種靜態存在，無法限制對「玻璃」分訓。但環境語境及文化語境既然被人吸納「玻璃」的形象、概念，語言的主體（人）對「玻璃」兩字的運作已足，便不會再去分訓他們了。這便是語境限制分訓。然而從語言的主體（人）說，一、無論聽、說、讀、寫，該句的線性呈現，都是分訓（在腦中解碼、編譯、重組）所得；二、如特意解析「玻璃」二字，便非分訓不可了。這般分訓，便可提供語法的語意基礎，提供構詞、構句的精細內涵。

（三）漢字的內緣詞性助益於教與學

第一章中本研究的重要性提到在教學面的重要性，現在進一步論述。漢字字元間的平面關係提供記憶的線索，是將繁瑣的筆畫組合成字

元和準字元，透過平面關係的思索，在心理辭典中建立牢靠的記憶線索，又有提示本源的效果。助益於教與學，分三點論述：辨析教學與糾錯、文化識字不可無、同族語素在字元。

1.辨析教學與糾錯

張桂光（2004）指認識漢字的結構，對識字教學，還是對於辨析詞義、糾正錯別字等，都是十分重要的。對識字教學，「只要掌握三千來個漢字，就可以閱讀現代所有報章雜誌和基本讀懂三千年前的古籍。」（周祖庠，2011，434）這是漢字詞運用在教學的方便性，它不僅體現在漢「字」，也體現在「詞」。而從內緣詞的高度解析漢字，更能凸顯形、音、義的緊密關係，也為外構詞的認知、運用提供早期機會。

至於糾錯，徐仲華（2006）提到錯別字有三種情形：一、寫錯字，例如筆畫冗、缺；二、寫別字，例如「漢」寫成「汗」；三、讀別字，也叫做誤讀，例如參差，音是參 cēn 差 cī（參ちㄣ 差ち），卻誤讀成參 sān 差 chāi（參ㄙㄢ 差ㄔㄞ）。其中誤讀有三個原因：一、誤讀半邊字，或者是誤讀偏旁，類推讀音。例如誤讀旻為文。二、字形近似，比附讀音，例如讀遭為遺。三：音隨義轉的多音字，例如和ㄏㄨˊ了ㄌㄜ˙讀成和ㄏㄜˊ了ㄌㄜ˙（和 hú 了 le 和 hé 了 le）。透過強調漢字詞的獨特身份，可以減少誤寫、誤讀。

2.文化識字不可無

就語言教學的文化層面說，要從漢字「語根上找哲學[5]。」（何新，

---

[5] 作者「對辯證法做溯本尋源的語源學研究」是從語根上找哲學的重新解釋。

2010）對漢字詞的瞭解是基本功課。漢語型態音、義結合的漢字，更能凸顯文化內涵。畢竟外語教學是重視語言的文化的。

　　因此，這種不利於識字的事實：「識字的多寡與語言使用能力之間不一定有正相關，對於第二語言學習者來說，尤其是如此。」（鍾鎮城，2012，124）也無法完全擺脫漢字。例如教學用語「經過了有太陽（日）和月亮（月）的時間以後，便是『明』天了。」這便是一種文化和情意的考量；可見文化識字不可無，漢字詞的內涵比原只被當作表音符號或語素的漢字豐富。

3.同族語素在字元

　　劉吉豔、魏巍（2013）對同素族的解釋提到存在共同語素（簡稱同語素），並指出同素族對教學的益處：「在教學過程中對學生閱讀過程中遇到的能產的語素進行詞形擴展和造詞模式方面的講解，不僅是為了解決某一個個別的生詞問題，重要的是提高學生的課外閱讀能力和交際能力。」（70-71）作者舉「白領」擴展出「藍領」、「灰領」、「粉領」，類推到陌生的詞如「金領」，以說明語素擴展式教學法注重學習者創造性的培養，同時也重視學習者語言交際能力的獲得。這是就外構詞說的。

　　現在將語素從漢字內部的部首舉例，如詞根「人（儿、亻）」（莊朝根，2012），它的同素族便有 212 個漢字以上，例如仁、伴、众、兒等。由此培養學習者的創造性、類推能力，對教學大有助益。這是透過漢字內緣詞性的詞素，能達成的教學任務。

　　因此，單一漢字值得更加重視，進一步深入到漢字的內緣詞性，可延緩學習動機退去，使學習興致再持續。而本研究便是對教學的本體內容即漢字的語言體系反思、調整而改進、創發。

四、漢字詞在社會、語法的展現

（一）社會中的漢字詞

趙元任（1975）認為漢語中沒有詞但有不同類型的詞概念。這裡的詞概念，是傳統「發語、吐辭」的概念。「辭」目前的一般用例，如「這種說辭」、「藉辭頓逃」、「這是好說辭」、「辭典」；尤其教育部國語推行委員會（2007）《重編國語辭典修訂本》不限於一般的單音節詞、多音節詞，還收：成語、慣用語、歇後語、準固定語、諺語、外來語、專門用語；因此該書以「辭」典標示。所以「辭」偏向於社會性。而「詞」由於動詞、名詞、形容詞及英語的被動詞，的普遍使用；偏向於學術性。在語言學術上，本研究用「詞」不用「辭」，適巧和上述《馬氏文通》的語法範疇表一致。本研究對漢字提出內緣詞性，包括獨立的形、音、義及語素，由此是漢字詞在人文社會的語言學術上有一席之地。進一步說，它是語言學中詞彙中的單音單純詞而可以漢字詞稱之；漢字詞這種地位，雖對「多音單純詞」造成衝擊，但因契合向下析詞的理論，而使本研究在構詞法中得到驗證其可行。

（二）語法中的漢字詞

1.從語法的字法展現內緣詞性

米勒（2002）對「詞」的描述：「每個字都是一個觀點的合成，一個口中發出的聲音，一個文法的角色。他們不是獨立的三個知識，而是一體的三面。」（引自洪蘭譯，2002，62）漢「字」本身就具足觀點的合成（造字理據）、發出的聲音、文法（其中獨立的字）的角色。因此，漢字詞是語言學中語法、句法的產物。陸志韋（1956）說：「基本的原則得在語法學上找去。要知道詞的定義，……先研究整句的結構，從比較句子的結構上也許可以把詞抽繹出來。」（5）王了一（1971）指「依現代英語的普通區分法，倒不如索性拿詞在句中的職務為根據還來得妥

當些。」（93）兩人都說要從句子結構理出詞的端序。類似的情況是：《馬氏文通》（馬建中，1983）將語法成分如起詞、止詞……等（朴雲錫、陳榴，2002）以「詞」表示。再說，探討聯綿詞雖然離不開韻律學，因為聯綿詞是馬建中（1898）說的字字相配的結果。這字字相配，便屬句法學的範疇。本研究的字之內緣詞性，便是從漢語語法尤其其中的字法而得。「內緣詞性」作為米勒（1996）提到的後設語言（metalanguage，元語言），由詞的內部因緣解說「詞」的性質，接近歐洲語言學家的任務方向，如呂叔湘（1990）認為的是探討詞裏有兩個語素還是只有一個語素的問題。內緣詞性說的就是漢字由內緣而來的詞性，可以解答語素的數量問題。

　　雖然漢字詞從字法而來，例如若問「口」有無內緣詞性？答：口有內緣詞性：詞形是口，詞音是ㄎㄡ∨（kǒu），詞義是嘴，獨立語素是口。因為從單一漢字出發，所有象形、指事、會意、形聲而成的漢字都具內緣詞性。而石定栩（2011）以英語詞 Leads 可為名詞及動詞為例，說明確定那是一個詞，要在句子裡，才能保證能區分語義。由此看到漢語的分詞（斷詞）在析詞之前的重要性。漢字詞不背離語法（句法）原則，這裡得到驗證。

2.從字本位展現內緣詞性

　　語言學上，本位就是語法的一種出發點。徐通鏘（2008）所謂「漢語……以字為基本結構單位，從文字、聲韻、訓詁三個方面研究「字」的構造規則，突出語意，形成漢語特有的研究傳統。」（引自孟華，2008，總緒第 3 頁）這裡的研究，當然是指漢語語法的研究。其中有漢字字法，可以與漢字的內緣構詞法相關。

　　張長修（1999）先生認為採用漢字作語法基本單位的好處，至少有：

第一、漢字從理論上講符合漢語的實際，因而符合漢人的心理習慣。第二、利於掙脫西方語言理論的束縛，深入發掘漢語語法的特點。第三、利於繼承傳統語言學語法研究的成果。關於第二點，作者提到：「分析漢字的型態、結構和意義、用法，乃是理解掌握漢語語法的基礎。漢字的組合規律就是漢語的語法規律。」（02）「構字法難道只能在文字部分中講嗎？它不能在語法中佔有一席之地嗎？」（同上）並引王力所說：「對漢語特點的注意，是中國語法學向前發展的推動力量。」（同上）兩人所言甚是！他們講的是字本位語法，作者講的是字本位語法中的字本位詞法。字本位詞法可驗證漢文字與英語詞的接軌。

廖柏森（2007）審訂 Brown, H. D.的譯本，提到拼字（Brown。引自林俊宏、李廷輝、羅云廷、賴慈芸譯，2007），漢字詞近於拼字母成詞，實際是拼字元成詞，這是從字本位展現內緣詞性的具體表現。

3.漢字詞可當標準

漢字的內緣詞性指由單一漢字內部因素成就的「詞」性稱呼。它是脫離詞的外部語境的「詞」概念，更具主體意義，也更契合漢字語法。然而它不是毫無語境根據的「詞」概念。它雖脫離（暫時無涉）外部語境，卻不失內部語境。例如「人言爲信」的「信」，造字者揭櫫說話者的訊息來源與心態，便是內部語境呈現「信」的詞性之一：「實在」的字義。以下說這種主體的功用。

以「漢字是否單一」的標準，作爲分辨內緣詞性的基礎；這樣做，一、標示了漢字的內在因緣條件，與對外的運用（外構的）區別；無傷於目前對多音詞的運作，反而有助解析。二、凸出詞性，讓人看到從語言符號、詞素單位到單用的語詞，都可以是漢字內部成分的屬性。因此內緣詞性是漢語詞匯學的基礎，也是它的基本內涵，可作爲句法中詞性

單位的判別標準。

五、對不可驗證其一致的說明

本研究比擬於交流的重要工程——翻譯，尤指對概念的翻譯。面對翻譯理論與實務的「不可譯」現象，學者（葉子南，2000）認爲「最好的辦法就是各說各的」（138）。內緣詞性的提出，有「捨棄原語的形式」（葉子南，2000，138）也有「在照顧到讀者可接受的前提下把原語中的符號照原樣搬到譯入語中」（同上）。捨棄原語的形式，原文指看得見的形，本研究借用指以往僅堅持表象音義結合的構式之形，即不採一詞音只能一語素的原則；照原樣搬到譯入語中，在本研究指不否定詞與詞素的關係，而以從漢字挖掘的內緣詞性呈現。比之於英、漢之間的不可譯，本研究對不可驗現象的處理，論述務求精詳，可以釋疑。

在英漢對比的不可驗證其一致部分，首推英語詞型的音流與漢字詞單音節音，這種先天的差別導致進一步的不可驗：英語詞的語素音大多可從詞音直接分出，頂多因構詞稍有變化而和語素的原型不同，但總是全部或部分顯示在詞中；漢字詞的語素音很多無法從詞音直接顯示，必須從書面形甚至透過義解構，才得語素音。雖然語素音在構詞過程中有時被直接採音，如形聲字的聲旁；但有時被直接捨音，如形聲字的形符（義符）；這導致語素音很多不同於詞音。這種現象無礙於英語詞、漢字詞的一致性，因爲語素爲構詞產生變化是英、漢皆然的；語素音也因爲變化，而不可能完整顯示在所有英語詞或漢字詞的詞音中；這種不可能是英、漢一致的。

另外，也因那先天的差別，漢字詞一個音節卻有兩、三個語素的音，它顯示的是一個詞可能有兩三個語素；這和傳統認知不同。其不可驗在無法單純從詞音直接找到語素音，而形成一詞音卻有多語素音的現象。

漢字詞這種詞音的音節數不等於語素音的音節數的總和的現象，實際上並不影響漢字詞解析出詞素音的合理性。例如明的音如果是「日月」，便可得日、月兩語素音節等於詞的音節數；但「明」是一個音節，而從形、音、義，或從音、義加上心理詞典中的書寫形尤其獨立語素，得出日、月兩個語素是合理的。因此漢字詞的音節數不等於詞素音節數的總和，是正常的。

另一不可驗的現象是，當下無法將所有漢字一一呈現詞性與詞用。本研究雖然以關鍵性分類出擬聲類詞及非擬聲類詞，可處理不同類型漢字的問題，但無法將所有擬聲類用字呈現詞用。詞性是「有」的表達，詞用是「做」的呈現。本研究理出詞性表達的理據（原則）：從形態出發，向塊內探詞，先解義再探音、形，詞素爲構詞會產生變化，回歸音義結合體，大小層次的呈現，以及析詞爲識漢字詞的原則。透過原則、方法，以及因其有限性而不可過份要求的漢字內緣構詞法，如此呈現的漢字詞性是無可疑義的。關於詞用，只要語言主體——人們願意，把握漢字詞形、音、義的構字義（構字理據：構形義、構音義），便可產生適當的詞用實例：「幽」天下之大「默」就是這樣產生而廣爲大眾接受的。

與得到內緣詞性關係密切的詞性建立的考慮因素，如上述英、漢有些不同。這種貼切語言個性的因素，透過彼此的構詞法，卻得到概念一致的詞性。這一致的共性，可爲其考慮因素的不一致解索。

對於這種創新理論的驗證，本書如第參章資料分析所提，比較、核對：形、音、義，語素爲構詞而形、音、義變化的多寡，析詞路徑及其首項，詞對比其內語素量；因而構思新概念——從句法而不從詞法斷詞，「和」字透露的漢字詞概念；然後創新漢字內緣構詞法。如此呈現漢字詞性，將它放在社會、語法的情境中，也進行英、漢構詞法對比。

於是我們自然發現，漢字的新大陸其實不新，它只是被長期漠視！如今因本書而發煌。本章回答了兩個課題；下一章要回顧研究，做出結論與建議。

第五章　從漢字詞再出發

　　本書從漢字詞出發，先是假設每個漢字都是詞；經過上述探討構詞，提出方法，逐步發現，得出結論：每個漢字都是詞；因此建議：從漢字詞出發。就作者而言，從漢字詞出發只是從假設經研究轉變爲建議；就廣眾讀者而言，卻是進一步檢驗作者論述的好題材，重新開展漢語詞彙學的好方向，漢字本位再前進的好契機，更是華語教學者善用漢字優勢，發揮漢字文化的詞彙理論，及推廣漢字詞文化的依據。以下分述結論與建議。

第一節　結論

　　每個漢字都是詞的結論，除了回顧研究而整理出關鍵作法外，便是以內緣詞性、漢語的詞符號、詞的漢字現象、從共性而個性回歸共性等子題呈現。

　　茲回顧研究以理出所得結論的來龍去脈。面對單純詞、派生詞、複合詞並陳，尤其多音連結的慣常用語：巧克力、歐巴馬、琵琶別抱等語詞，要從其多音擬聲詞現象中發現詞性，著實不易。但英語詞及漢文字的接觸歷程背景使產生研究動機、目的、問題。這新穎的研究主題，既然富有研究的重要性，便對所用專業術語例如「內緣詞性」解釋，論述才可避免歧異。構詞研究的文獻，學派對立的語素本位及字本位，竟然合流於語素觀點的部分漢字是純表音符號！而古今語詞的變化被不當地擴大到漢字竟然古今不同；加上詞性被詞用的動態表現分類──「詞類」遮掩，作者只好轉向構詞法探詢。漢語構詞法早期的摸索是辛苦的，開發出的析詞法、借詞法、造詞法、分詞法、用詞法，各擁擅長；但對

詞鑽研，卻總在多音上打轉。導致漢語的擬聲類詞，成為特殊的一個詞類，而使擬聲類用字在本研究中甚為凸出。然而擬聲類用字所顯示，並不是部分漢字是純表音符號的現象；加上原始文本的詞型，竟然看到英語詞概念的詞性。因此建立研究架構與流程，述明資料收集與分析，把握研究的判准：現象先於方法、漢詞依於英詞、少數補強多數、原則大於路徑。透過對實例分詞、析詞的發現，加上之前的原始文本，回答了「英語的詞概念為何且具有何種特徵？」為討論一致性，從漢字的形、音、義、文字的類型特質，到漢字詞建立的考慮因素，都在研究中踏實前進；因此得出和英語詞概念一致的漢字內緣詞性。傳統的語詞現象既然先被作者放置一旁，為了驗證本研究結果的正確性，只好先自我表態：單一漢字的語素、詞性、詞用的呈現。除了這般說明詞性之實存，進一步提出漢字內緣構詞法，用它和英語的析詞法相互驗證，以說明詞性所由來的方法原則，合於英語而取得一致性。且以單一漢字獨立運用及其在時空中的展現，明示由漢字內緣構詞法產出的漢字詞，其詞用與傳統用詞的一致性：即不因內緣詞性的呈現而稍減詞用的功能，卻增加凸顯了靈活外構的功能。接著以漢字內緣詞性的功用，對前述本研究的重要性，加強驗證。最後以漢字詞在社會、語法的展現，驗證漢字詞在社會、語法中的獨特身份。面對每種語言的個性，本研究對英、漢不可驗證其一致性做了深入的說明。

　　綜合本研究的關鍵作法：一、回顧英語詞與漢字接觸以來的發展概況。二、對古、今漢字雙管齊下。三、審視漢語構詞法的概況，挖掘可以再努力的地方。四、依英語的原文著作及其譯本探詢詞性，並作為漢語的詞的理論基礎。五、辨別語符（文字）與音標，認清語詞和語素的本體。六、釐清析詞的順序：先義後音，但從形可得義。七、闡明語素和語詞的同、異現象，為漢語析詞提供對比基礎。八、從漢語的字法抽離出詞法，並回歸音、義結合體的獨立語素而得完整詞性。九、舉例詞

用以呼應英語詞的現象，供作兩種語言更深入交流的橋樑。十、提出漢字內緣構詞法的原則、方法與有限性，除明確主張，也供學界參考、指教、取用、發展。對第二點，參考許錟輝（2009）及林慶彰（2009）的資料，例如麻醬雖是連詞，但「麻」字可獨用；而庇就是廕。這都無礙於漢字「庇」、「麻」、「廕」之具足內緣詞性。由此回想，我們從古、今漢字雙管齊下的策略，是正確的。上述十點所呈現的是，漢語析詞時，所得的語素音是詞深層的語素音，而不僅是表面、形式的語素音。這呼應了語法理論中，漢語比較多深層規則的現象。雖然，作爲析詞理論的語素論，有些漢語學者認爲不適用於漢語；如所舉「我們」之於 we 的分析所得，以及單一漢字兩語素的現象。這些凸出現象的關鍵在重視析詞的順序，及語素和詞可否不同的呈現；依本研究的方法，語素論可適用於漢語，只是不可就聽得到的詞音而止，而要探究詞音所表義內裡的語素音。

　　現在總結內緣詞性以導出，漢字詞呈現面向英語的凸出點。內緣詞性是作者自創詞。詞的內緣型態含形、音、義，如合成詞中的派生詞和複合詞，各有兩個（含）以上的形、音、義，及各具完整的內緣詞性。詞的內緣單位指獨立詞素，這是就音義結合體說的；本質上，其書寫的形便是，因爲語音是語義的符號，文字是語言（含語音）的符號，所以文字是符號的符號；獨立詞素雖也是音義結合體，但書寫的型是它的符號。本研究的單一漢字的內緣詞性，即指有一形，可多音，可多義的內緣詞性。因此，異形的漢字即有不同的內緣詞性，而單一字形但異音或異義，具有的內緣詞性更豐富；這在英語詞也是一樣的，例如 can 有知道、能夠、裝罐、把（高爾夫球）打入洞中、錄音、解雇、開除（學生）、停用、停止、使喝醉、罐頭、可以等詞義，而 product 的重音也因詞類（名、動詞）而不同。從西方語言學而來，「詞」是含有或等於獨立詞素的語言單位。因此，內緣詞性指詞形的獨立性質、詞音的獨立性質、

詞義的獨立性質、詞素的獨立性質，即這四者是語言單位成為「詞」的必要條件，都從詞的現象解析而得詞的內含性質。詳述於下：

一、單形漢字：一個漢字有它自己的內緣詞性。如果異形同音的多個字，或異形同義的多個字，都各自擁有內緣詞性。依漢字的構形理據說，構形不同結構成分可能不同，結構成分不同語素義或意義就不同。例如「众」和「偉」的構形不同，內部結構成分的「人」和「亻」也不同；而「人」的語素義是「單人」用以外加其他人們而成「众」，「亻」的語素義卻是「泛指的人」。本研究既以漢字為本位，從漢字出發，不同的漢字當然有不同的內緣詞性。

二、可多音：一個漢字可以是單音或多個不同的音，這些音都是該字的內緣詞性的結構成分。即如果同形異音，是單一漢字詞。這種情況多見於語音、讀音、正音、俗音或方言之間。那些音在該字中，處在「以他平他」（左亞文，2009，84）的和諧狀態。

三、可多義：一個漢字可以是單義或多義，這些義都是該字的結構成分。如果同形異義，便有多份具足的內緣詞性。可多義就是可多義位，可多義素。單一漢字如「天公」和「今天」的「天」，它詞性中的形是「天」，音是「ㄊㄧㄢ（tiān）」，義是「超越的主宰」和「當今的日期」，各自獨力呈現（運用）在語言中。

獨立語素：漢字的音是獨立音，義是獨立義，音義結合的語素便是獨立語素。這不需牽涉能否獨立成詞的問題，因為漢字暫不考慮書寫形的音義結合體，存於人的心理詞典中，本身便是獨立的而可被人自由運用。漢字擁有完整詞性代表漢語不存在純表音符號的漢字，漢字本身都是獨立語素以上的語言單位。凸顯漢字的內緣詞性可因交流而改善語言使用的不協調現象。這可以從認識、教、學開始。

和英語詞概念一致的漢字內緣詞性既經挖掘，如研究目的與問題中

所言，字、詞關係是等於。可以認定「日」、「月」成就「明」，以之對比於 boyhood 中兩個詞素 boy 及 hood 才成就一個詞，即原本構詞的結構等級是大於的關係變為等於，都是以兩個獨立語素（詞）組合成另一個詞。原本構詞的結構等級是小於的「琵」、「琶」，經本研究扶正為獨立語素即詞，也由小於的關係變為等於。這種關係是新的詞彙基礎，又可成為新的研究背景。然而以漢語的漢字的方塊及音節的特殊性，漢字詞呈現的凸出點，便有漢語的詞符號及詞的漢字現象，值得面向線性序列和詞彙音流的英語提出。一、漢語的詞符號。詞這個語言單位在漢語曾被否定，遑論它的符號了。雖然魏建功（1931）：「留形的符號本是把留聲的符號由嘴裡寫到紙上而已，所以文字原本是將語言記到紙上的東西。文字簡直是符號的符號。」（230）但潘文國（2002）認為「文字是符號的符號」說並不適用於漢字。其實，漢字是漢語的符號，漢語是語義的符號，漢字是符號的符號，沒有不適用的問題。只是漢字這種符號的符號，更多了直達（顯性，不含隱性）於義的功能。透過上述「琵」、「湖」、「孑」、「孓」、「輾」的例證解說，證明漢字「這個符號卻與詞賴以構成的聲音（詞之音）」大有關係，而且與詞賴以構成的單位（語素或字元）的聲音關係更密切。以形聲字佔絕大多數的漢字說，沒有詞賴以構成的成分的聲音，便沒有詞。因此，詞作為獨立完整的表義單位，漢語的（單純）詞符號便是漢字：具有詞形、詞音、詞義及獨立語素。二、詞的漢字現象。呈現一個漢字詞一個音節而其詞素有三（多）個音節的現象（如「湖」之於「氵」、「古」、「月」），漢語界的語素論者極少提出正面意見。本研究不但超脫音標「滑融」的表象，更深入到語符結構的源頭，從結構拆解成分，再還原到音標「滑融」的表象，自然符合「音、義結合」的語素規則。因此，楊錫彭（2003）的問題「把字看做漢語的基本結構單位或最小結構單位……不知要從何說起。」（19）得到解決：從漢字的結構成分說起，尤其從結構成分依序「義、音結合」

說起。因此，相對於英語詞，詞的漢字現象可以有：一塊的詞型、一音節的詞有多語素、表音符號自有義且有時兼表造成詞的義、不成字的表形符號、用獨立的形音義外構成複合詞。信世昌（2010）就華語教學的實況與趨勢，論華語教學之發展及其對於英語的迎合現象與反思；本研究則對華語教學的內容——語言本體的反思，而得上述詞的漢字現象，可免除在詞彙學上迎合英語的音流。

　　從共性而個性回歸共性。徐通鏘（2008）對探索人類語言的共性結構原理，認為有兩種思路：「一是由個性而共性，立足特點，去探索共性；二是由共性而個性，立足共性，解釋個性，來豐富和補正共性。」（內容提要）並說其書「採取前一種思路，從研究漢語特點著手」。他由個性而共性是從字而上。本研究是從字而下，才得出他所沒有的結論：漢字是詞性文字。然而本研究是由共性而個性進行的。即先探討英語（也是所有語言都有）的詞，理出可能的共性，再回歸漢語的個性，得出漢字的詞性。本研究把持語言為語義服務，語符（型態及書寫形）為語言服務的原則，從漢字得出與英語的析詞理念一致的漢字詞性。這裡看出本研究並無徐通鏘（2008）所說依第二種思路而跟著英語轉的情形；這可從塊不同於串，形重於音，一詞音可有多語素等看出。當然，徐通鏘（2008）的這般警語對本研究有正面作用。如果析詞如英語般就音而止，才是跟著轉，對漢字是行不通的。漢字的解詞可以「由義現音」，例如「亻」、「言」為「信」的單詞雙語素；那雙語素音是現成的字元音。本研究提出的漢字內緣構詞法，構詞路徑或與外來「詞」不同，構詞原理卻相同：從義而及形、音含獨立詞素的獨立詞性。上述提到程雨民（2003）的漢語字基語法為漢字與詞開了一扇窗，但部分沒被挖掘。他把漢字定位在語素層次，因此他說「漢語在語素的層次上就開始造句。」然而眾所周知，英語是以詞造句。對比於漢語，也該是以詞造句。因為句子的最小語言單位是詞而不是語素；我們會說「這是信。」而不說「辶

言是人言。」詞既然是語言學的產物，詞在語言中呈現，「這是信。」的例子也是本研究從形、音、義及獨立語素得出的結論：漢字是詞性文字，恰足說明：漢語也從詞開始造句，而這詞是單一漢字，同時也是獨立語素。以詞造句，是回歸語言的共性；除此而外，漢字詞型的獨立，是英、漢語詞最凸出的共性表現。但這種獨立並不會阻礙漢語詞的發展，反而以外構成就漢語詞，這又回歸另一種共性：漢語句的語音流對等於其他語言（英語）的語句音流。這樣的研究與表述不是漢字對英語的附會，而是漢字以純真本性，用對方的語言符號（詞、詞素），向英語交流的表態。

要外構成就漢語詞，得在明確漢字的內緣詞性之後，透過自由獨立運用漢字，才能成就外構詞。內緣詞性對教學的功用，主要在對字元及準字元的認識和發揮，使學習者知其（漢字詞）然，也知其（結構）所以然。於是外構而成的，目前詞彙分類中的合成詞，更可以漢字詞外構而成的合成詞的本位，立足於句法與詞彙教學中。

第二節　建議

　　本研究存在對擇取文獻和引用資料的限制。由於國內關於詞彙、詞素的論述，大多從西方學者的著作翻譯、轉述、闡發而來，作者大多從華文（漢語）著作研究構詞。就漢字的個性而言，這種研究路徑是正確的。但三百年來關於語言學的著作眾多，作者只能擇取代表性的著作以參考、探討；如此難免有疏漏之處。而引用的文獻內容，當然是以研究所需為取用與否的標準；但取用的過程，恐有斷章取義的現象，作者只好以說明該引文的背景，讓讀者知曉其中的轉折。例如本研究採用竺家寧（2009）沒提詞要能自由獨立運用，而僅表明是音義結合體的表述；但他卻同意多音擬聲詞不能分訓的事實。舉凡作者所引用文獻所自來的漢語學者，大多異於作者對詞定位於單一漢字的觀點；但他們的論述，未必全無可取之處。徐鍇鏘的語言共性、個性研究論，呂叔湘的（減少）套用現成結果說，還有潘文國的漢語形態學，以及周祖庠漢字音義皆表的論述，都是值得取用的觀點。本研究並不以單一觀點的差異而放棄該重視的材料，這才符合研究倫理。其次關於英語文本的文獻，本研究所舉外國學者對語言學的觀點也不同，如 Fromkin ，Rodman ，Hyams（2011）主張型態語言學，Miller（1996）是神經語言學等，其內容並存在論文中。這種來自不同理論而看法相似的文獻內容，例如關於詞書寫形的獨立性，正可互相印證其非偶然。然而，往後似可再引其他華文著作及英文的文獻，再深入探討。

　　另一研究限制是，初步成果期待進一步驗證。透過本研究解析漢字詞性而得的漢字內緣構詞法，屬於初次產出的成果。雖然經過英、漢構詞法對比驗證，但含漢語特有的從形解析又要歸於音義結合體的特殊路徑；這不是一次研究便能夠操縱自如，而是需要經驗累積才不會顧此失彼。再說，歷來學者對漢語「詞」的解析，不是從句法拆解，就是認定

單一漢字最多只有一個語素，並且殫精竭慮，印證所言。所下功夫不可謂不深。也因有這些豐富的基礎，作者才將它對比於傳統文字學「形、音、義結合體」，而深感探尋問題癥結的必要；才有這個研究，釐清漢字與詞的關係。然而如上述英、漢構詞存在不可驗其一致的情況，本研究無法一一列舉所有漢字的內緣詞性，使漢字內緣構詞法更臻完美。幸如「一種新興的語言學理論也需要在與適時的結合研究中不斷趨於完善，從而實現『描述的充分性』與『解釋的充分性』。」（鄭娟曼，2012，115）作者將再接再厲，持續研究，使漢字和語言的關係，在華語教學上更臻完美；也期待學者專家進一步從漢字的實例實做、探討，即對漢字全面性分類、解析其內緣詞性，作為影響華語教學的正面因素。因此建議學者、專家從象形、指事、會意、形聲，以及訛變成字等傳統字法解析內緣詞性，以進一步驗證該法描述與解釋的充分性。

　　建議字本位從漢字詞出發。字本位的漢語語言學，如本研究從漢字自我反思，竟能快速與外來詞的概念對接；是研究起初沒預料到其深度的。本研究既已發現「語言事實和語言理論的矛盾」（徐通鏘，2008，內容提要），便建議要在「形、音、義結合的漢語基本結構單位」（同上）研究漢語。而本研究或許可為字本位的漢語語言學，提供向詞組、句、篇章，重新出發的參考基點！也提供了英、漢交流的方便通路。當從每個漢字都是詞的角度出發，更能正視累字成句、字內詞性的過去和未來。

　　另一個建議的研究方向是漢字詞可派生與複合。張威（2013）的派生詞指單一漢字內部的派生，如從「經」到「徑」，和本段的派生觀念一致；而他的「句段詞」（142）指多音詞而不是複合的單字詞。派生詞與句段詞的產生並不影響「原生詞」（同上）即單字詞的存在。詞彙學分類上，單純詞指不可再分割的獨立表義單位，在漢語便是字元。而用多音單純詞指稱兩個漢字以上的詞彙結構，不合漢語的漢字秉義豐富的

實況。詞綴在詞的下位，漢字是詞不在詞的下位。要緊的是，上述劉伶（1958）所說型態類型構詞法，也可以在漢字內部呈現：從義先分析的原則，可以運用在形聲字上，而得形符是詞根，聲符是詞綴；這比較接近英語用詞綴以別義的詞綴派生概念，但不同於英語的詞綴表概念義；卻符合漢字形符作為詞族的祖詞的現況；例如倩的詞根是亻，詞綴是青。因此建議將形聲字視為派生詞。至於複合的單字詞，如信、明都是。

與外構詞相關的，「多音單純詞」因為其中每個漢字都是詞而變成「多音合成詞」，這是本研究帶來對詞彙分類的挑戰。如果為解析語句而分詞且不是解析單純詞，並從義當首要考慮而非唯一考慮以解析，合成詞便可以分為多音擬聲詞（取代多音單純詞）、多音派生詞與多音複合詞；這些漢字外構而成的外構詞，與漢字詞的內部派生一樣，有待學者努力。

只要認同、不輕忽、尊重，善用「每個漢字都是詞」的文化現象，那麼漢字文化就是漢詞文化；漢字「詞」文化便是多此一舉。但這一舉在學術研究、教學實務、文化認知的過程都是必須的。讀者您對本書的青睞，至此或可得魚忘筌而再進一步創作了。

參考書目

中文文獻

尹斌庸（1984）。漢語語素的定量研究，中國語文，1984（5），338-347。

王了一（1971）。中國語法理論。台北：泰順書局。

王　力（2000）。王力語言學論文集。北京：商務印書館。原載於王力
　　　（1936）。中國語法學初探。清華學報 11 卷 1 期。

王心怡（2013）。古代圖形文字藝術。新北市：北星圖書事業。

王文勝（2009）。字素、語素，文字、語言——也談文字和語言的關係。
　　　漢字文化，90（4），67。

王立剛（譯）（2009）。中國思想之淵源（原作者：Mote F. W.）。北京：
　　　北京大學出版社。（原出版年月：1971）。

王　安、王桂芝（2013）。英漢構詞法對比分析。齊齊哈爾大學學報(哲
　　　學社會科學版，2013/03，116-118。

王有衛（2010）。語素文字說質疑。安徽廣播電視大學學報，2010 第 3
　　　期，86-88。

王玖莉（2008）。「和」字源考。2008 年人文社會科學專輯，第 34 卷，
　　　151-153。

王明嘉（2010）。字母的誕生。台北市：積木文化。

王松木（2004）。傳統訓詁學的現代轉化——從認知觀點看漢語詞義演
　　　化的機制。高雄市：高雄復文。

王惠（2005）。從構式語法理論看漢語詞義研究。Computational Linguistics

and Chinese Language Processing，10（4），495-508。

王湘雲（2011）。論語言磨蝕機制與模式。山東大學學報（哲學社會科學版），2011.2。

王　寧、鄒曉麗主編，萬藝玲、鄭振峰、趙學清著（1999）。詞彙應用通則。瀋陽：春風文藝出版社。

左亞文（2009）。「和」之三論。《銅仁學院學報》，第 11 卷第 5 期，1-5。第 24 卷第 3 期，84-8。

左亞文（2009）。「和」之源與「和同之辨」。《長沙理工大學學報（社會科學版）》，第 24 卷第 3 期，84-89 引《國語‧鄭語》。

任學良（1981）。漢語造詞法。北京：中國社會科學出版社。

朱　星（1979）。漢語語法教學的若干問題。石家庄：河北人民出版社。

朴雲錫、陳榴（2002）。中韓語法學史上的雙子星座——《馬氏文通》和《大韓文典》。北京：北京大學出版社。

何九盈（2000）。中國現代語言學史。廣州：廣東教育出版社。

何永清（2005）。現代漢語語法新探。台北：臺灣商務。

呂叔湘（1979）。漢語語法分析問題。北京：商務印書館。

呂叔湘（1980）。語文常談。北京：三聯書店。

呂叔湘（1983）。呂叔湘語文論集。北京市：商務印書館。

呂叔湘（1990）。中國文法要略。上海市：上海書店。

呂叔湘（2002）。呂叔湘全集。瀋陽：遼寧教育。

李子瑄、曹逢甫（2009）。漢語語言學。台北：正中。

李仕春（2011）。漢語構詞法和造詞法研究。北京：語文出版社。

李　甲（2012）。漢語和韓國語派生構詞法比較研究。北方文學（下半月），2012/10，99-101。

李宇明（2005）。規範漢字和規範漢字表。見《中國語言規劃論》。長春：東北師範大學出版社。

李宗超（2010）。中國古代「和」、「和諧」與「和平」思想內涵及其演變軌跡。時代文學（下半月），2010年第4期，196。

谷衍奎（2008）。漢字源流字典。北京：北京語文出版社。

周祖庠（2011）。古漢字形音義學綱要。上海：上海辭書出版社。

周慶華（2000）。中國符號學學。台北：揚智文化。

周　薦（2005）。漢語詞彙結構論。上海：上海圖書出版社。

孟　華（2008）。文字論。山東：山東教育。

林以通編著（1980，2007）。國音。高雄市：復文書局。

林漢達（1953）。名詞的連寫問題。載於編者中國語文雜誌社（97-113）。漢語的詞兒和拼寫法。

林語堂（1969）。英文學習法。見林語堂選集：讀書、語文。台北：讀書出版社，270-271。

林慶彰（主編）（2009）。民國時期經學叢書第三輯（爾雅正名）。台中：文听閣圖書有限公司。

竺家寧（2009）。詞彙之旅。台北：中正。

邵靄吉（2006）。《馬氏文通》的「字本位」語法。漢字文化，2006/03，.25-26。

金兆梓（1922）。國文法之研究。上海：中華書局。

信世昌（2010）。華語教學之發展及其對於英語的迎合現象與反思。載

於編者嚴翼相（Ik-sang Eom），華語與文化之多元觀點（169-186 頁）。台北：文鶴。

姚亞平（1980）。從會意字的構成看漢語字法和詞法的一致性。江西大 學學報，1980（3），100-106。

施建平（2013）。語言、文字起源述略。蘇州科技學院學報(社會科學 版)， 2013/04，83。

洪　蘭（譯）（2002）。詞的學問：發現語言的科學（原作者：George A. Miller）。台北：遠流。（原著出版年：1996）

胡適（1920）。國語的進化。載於胡適著，胡適選集（252-276）。上海： 亞東圖書館。

苗蘭彬（2013）。語言接觸中外語對漢語構詞法的影響。現代語文(學術 綜合版)，2013/01，139-140。

孫常敘（1956）。漢語詞彙。長春：吉林人民出版社。

徐仲華（2006）。漢字的基礎知識——怎樣糾正錯別字（節錄）。載於編 者徐仲華，語文大師如是說——字和詞（1-6）。香港：商務印書 館。

徐通鏘（1994）。「字」和漢語的句法結構。世界漢語教學，第 2 期（總 28 期），1。

徐通鏘（2008）。漢語字本位語法導論。濟南：山東教育出版社。

祝清凱（2008）。現代漢語語素在語法、詞彙、語音、文字四個層面的 表現，內江師範學院學報，23（1），53-55。

馬建忠（1898 年 5 月 9 日；光緒二十四年三月十九日）。馬氏文通。

高天如（1992）。馬建中。載於編者杜榮根（濮之珍主編），中國歷代語

言學家評傳（412）。上海：復旦大學出版。

高守剛（1994）。古代漢語詞義通論。北京：語文出版社。

崔永華（1997）。詞彙、文字研究與對外漢語教學。北京：北京語言文化大學出版社。

張可婷（譯）（2010）。質性研究的設計（原作者：Uwe Flick）。台北縣：韋伯文化國際。（原著出版年：2007）

張　威（2013）。談漢語是「超等詞匯的典型」。劍南文學（經典教苑），2013.6，142。

張桂光（2004）。漢字學簡論。廣東：高等教育出版社。

張積家、王娟、劉鳴（2011）。英文詞_漢字詞_早期文字和圖畫的認知加工比較。心理學報，2011/04，（348-349）。

張聯榮（2000）。古漢語詞義論。北京：北京大學出版社。

教育部國語推行委員會（2007）。重編國語詞典修訂本。台灣：教育部。下載於 2011 年 4 月 30 日，從 http://140.111.34.46/newDict/dict/。

梁　靜（2013）。英漢詞彙型態與構詞法比較。太原城市職業技術學院學報，139（2），189。

章士釗（1907）。中等國文典。上海：商務印書館。

習晏斌（2006）。現代漢語使。福建：人民出版社。

莊朝根（2012）。最新實用字典。台南：世一文化事業。

許逸之（1991）。中國文字結構說彙。台北：臺灣商務印書館。

許德楠（1981）。說單音詞與語素在構詞上的同一性。語言教學與研究，1981（4），19-27。

許德楠（1981）。說單音詞與語素在構詞上的同一性。語言教學語言就，1981（4），19-27。

許錟輝（2009）。文字學簡編。臺北：萬卷樓。

許錟輝（主編）（2009：293）。民國時期語言文字學叢書第一編（爾雅義證一）。台中：文听閣圖書有限公司。

郭良夫（1985）。詞彙。北京：商務印書館。

閆文娟（2010）。論書法藝術的「中和」美學思想。學術論壇，2010 年1 月號，259-260。

陳新雄、姚榮松、孔仲溫、竺家寧、羅肇錦、吳聖雄（編著）（2005）。語言學辭典（增訂版）。台北：三民。

陳　嬋（2011）。漢語單音音譯詞的構詞特徵。郎陽師範高等專科學校學報，31（1），95。

陸志韋（1956）。北京話單音詞詞彙。北京：科學出版社。

陸志韋（1957）。漢語的構詞法。北京：科學出版社。

陸儉明、郭銳（1998）。漢語語法研究所面臨的挑戰。世界漢語教學，第 4 期（總 46 期），16。

陸慶和（2006）。基礎漢語教學（一）。北京：北京大學出版社。

斯大林（1971）。馬克思主義和語言學問題。北京：人民出版社。

程雨民（2003）。漢語字基語法——語素層造句的理論與實踐。上海：上海復旦大學出版社。

黃宣範審閱，謝富惠、洪蕙如、洪媽益（譯）（2011）。語言學新引（原作者：Victoria Fromkin、Robert Rodman、Nina Hyams）。台北：

文鶴（原著出版年：2011）。

楊育欣（2012 年 2 月 25 日）。Linsanity 被列為正式單字（聯合新聞網）。YAHOO 奇摩新聞，引自聯合新聞網

http://tw.news.yahoo.com/linsanity-%E6%AD%A3%E5%BC%8F%E5%88%97%E5%85%A5%E8%8B%B1%E6%96%87%E5%96%AE%E5%AD%97-190500477.html。

楊芙葳（2011）。〈馬氏文通_樸素的_語詞中心觀〉，《求索》2011 年 5 月。

楊柳橋（1957）。漢語語法中字和詞的問題，中國語文，1957（1），6-8。

楊家駱（主編）（1970）。文通校注（馬氏文通正名卷之一）。台北市：世界書局。

楊萬梅、王顯雲（2011）。外來詞漢譯的認知理據探析。河北理工大學學報（社會科學版），11（3），177 頁。

楊慶興（2009）。和諧視域下的書法教學。洛陽師範學院學報, 2009 年第 4 期，201-203。

楊錫彭（2003）。漢語語素論。南京：南京大學出版社。

葉子南（2000）。英漢翻譯理論與實踐。台北：書林出版。

葉德明（2005-2008）。華語語音學——語音理論（上篇）。台北：師大書苑。

葛本儀（2001）。現代漢語詞匯學（修訂本）。山東濟南：人民出版社。

遊浩雲（2010）。中西"和"的內涵比較。中州學刊，總第 176 期，156-158。

鄒嘉彥、游汝傑（2008）。21 世紀華語新詞語辭典。高雄：麗文文化事業。

雷縉碚（2009）。試論甲骨文表祭祀活動表義字的形義關係。文教資料，2009 年 3 月號中旬刊，35-36。

廖才高（2005）。漢字的過去與未來。長沙：湖南大學出版社。

廖序東（2000）。《馬氏文通》所揭揭示的漢語語法規律。主編人侯精一、施關淦，《馬氏文通》與漢語語法學：馬氏文通出版百年（1898-1998）紀念集。北京：商務印書館。

廖柏森審訂，林俊宏、李廷輝、羅云廷、賴慈芸（譯）（2007）。第二語教學最高指導原則（原作者：Brown, H. D.）。台北：朗文。（原著出版年：2007）

翟　康（2013）。英語詞彙構詞法「四構三用」新說。內江師範學院學報，28 卷 5 期，76-87。

蒲鎮元（2010）。「和」之美三題。現代傳播，總第 167 期（2010 年第 6 期），25-31。

趙元任（1975）。漢語詞的概念及其結構和節奏。主編人袁毓林，中國現代語言學的開拓和發展──趙元任語言學論文選。北京：清華大學出版社。

趙元任（1979）。漢語口語語法。呂叔湘（譯）。北京：商務印書館。

鳳凰網（2011）。《鳳凰新媒體》。下載於 2011 年 6 月 15 日，從 http://news.ifeng.com/mainland/200908/0813_17_1299427.shtml

劉吉豔、魏巍（2013）。對外漢語教學中的詞匯語義網絡構建研究。渤海大學學報（哲學社會科學版），68-71。

劉叔新（1984）。詞匯學和詞典學問題研究。天津：天津人民出版社。

劉秉南（1982）。詞性標註破音字集解。台南：劉秉南。

劉復（1932）。中國文法講話。上海：北新書局。

潘文國（2002）。字本位與漢語研究。上海：華東師範大學出版社。

潘文國、葉步青、韓洋（2004）。漢語的構詞法研究。上海：華東師範大學出版社。

蔡　靜（2010）。簡論漢語造詞法研究流變。科教文匯(上旬刊)，2010.9，90、104。

蔣志楡（2010）。連老外都在用的字根字首字尾大全集。台北：我識出版社有限公司。

鄧小琴（2007）。「和」字讀音考。汕頭大學學報（人文社會科學版），第 23 卷第 5 期，42-44、97。

鄭娟曼（2012）。漢語口語研究與構式語法理論。暨南學報（哲學社會科學版），2012，115。

盧國屏（2000）。爾雅語言文化學。台北市：臺灣學生書局。

錢乃榮（2002）。現代漢語概論。台北：師大書苑。

薛　平（2011）。漢語構詞法與英語構詞法相似性研究。長江大學學報（社會科學版），第 34 卷 4 期，71-73。

薛祥綏（1919）。中國語言文字說略，國故月刊，第 4 期，1-3。

鍾華（2007）。「和」探源。世界文學評論，2 期，267-269。

鍾鎮城（2012）。移民華語教學：全球在地化的語言民族誌研究。台北：新學林。

藍世光（2013）。擬聲類用字的內緣詞性。載於責任編輯俞國林（李運富主編），漢字與漢字教育國際研討會論文集（72-82）。北京：中華書局。

魏建功（1931）。中國文字的趨勢上論漢字（方塊字）的應該廢除。載於李中昊（主編）文字歷史觀與革命論（230），北平：文化書社。

羅傳清（2008）。「和」字的文字學分析及其在中國傳統文化中的意義探索。河池學院教師教育學院學術論壇，2008 年 2 月號，182。

蘇新春（1994）。漢字語言功能論。南昌：江西教育出版社。

譯點通 Dr.eye 9.0 for windows XP/2003/Vista。【電腦軟體】。台北：英業達股份有限公司。

龔恆嫿（2008）。筆順華語字典。台南：正業書局。

英文文獻

Aronoff, M. (1976). Word-Formation in Generative Grammar. Massachusetts: MIT Press.

Fromkin, V., Rodman, R. & Hyams, N. (2011). An Introduction to Language. Wadsworth: Cengage Learning.

附　錄

非擬聲類用字的語素、詞性、詞用舉例表

用字	字義	語素：語素形（書寫符號）、語素音、語素義、構詞功用	詞性	詞用
緣	衣服的飾邊。	形：糸。音：ㄇㄧˋ（mì）。義：細絲。變化組合成詞。 形：象。音：ㄊㄨㄢˋ（tuàn）。義：宰後掛上之豬牲。變化組合成詞。	獨立語素：糸、象、緣。	內緣、緣分。
湖	被陸地圍著的大片積水。	形：氵（水）音：ㄕㄨㄟˇ義：氫和氧化合物的一種。以形表義。 形：胡。音：ㄏㄨˊ。義：獸類下垂皮。以音表義。 註：再向下分析，見下例。	獨立語素：氵、胡、湖。	大湖、情人湖。
胡	獸類下垂皮。	形：古。音：ㄍㄨˇ。義：以前遠代。以形表音。 形：月。音：ㄖㄡˋ。義：動物骨骼周圍所附的柔潤質。以形表義。	獨立語素：古、月、胡。	胡人、胡不歸、胡同。
水（氵）	氫和氧化合	形：水。音：ㄕㄨㄟˇ。	獨立語	山水、

用字	字義	語素：語素形（書寫符號）、語素音、語素義、構詞功用	詞性	詞用
	物的一種。	義：氫和氧化合物的一種。獨立表音、義。	素：水。	冰水。
的	鮮明。	形：（白）。音：ㄅㄞˊ。義：（請見下述的補充說明）。（日）變形表義。 形：勺。音：ㄕㄠˊ。義：（請見下述的補充說明）。以形表音。	獨立語素：白、勺、的。	你的、我的。
啊	驚訝聲。	形：口。音：ㄎㄡˇ。義：飲食和發聲的器官。以形表義。 形：阿。音：ㄚ。義：大陵、屈處。以形表音。	獨立語素：口、阿、啊。	啊！啊啊啊！
模	木製型範。	形：木。音：ㄇㄨˋ。義：樹類植物的通稱。以形表義。 形：莫。音：ㄇㄛˋ。義：大。以形表音。	獨立語素：木、莫、模。	名模、模特兒。
武	行進征伐。	形：止。音：ㄓˇ。義：腳、停住不動。以形表義，再以義表音。 形：戈。音：ㄍㄜ。義：一種長柄橫刀的兵器。以形表義，再以義表音。	獨立語素：止、戈、武。	文武、武嶺。
人	具有高度靈	形：人。音：ㄖㄣˊ。	獨立語	大人、

用字	字義	語素：語素形（書寫符號）、語素音、語素義、構詞功用	詞性	詞用
	性的動物。	義：具有高度靈性的動物。以形表音、義。	素：人。	人們。
天	頭頂、高空。	形：大。音：ㄉㄚˋ。義：站立的人。以形表義表音。 形：口（一）。音：無音（一）。義：頂端。以形表義。	獨立語素：大、（一）、天。	大小、很大。
下	底部、低處。	形：下。音：ㄒㄧㄚˋ。義：底部、低處。以形表音、義。	獨立語素：下。	上下、下課。
卅	三十。	形：卅。音：ㄙㄚˋ。義：三十。以形表音、義。 （形：十。音：ㄕˊ。義：數字之一。以形表音、義[1]。）	獨立語素：卅、（十）。	卅分、卅個。
甭	不用（需）	形：不。音：ㄅㄨˋ。義：否定。以形表義，再以義表音。 形：用。音：ㄩㄥˋ。義：要、需。以形表義，再以義表音。	獨立語素：不、用、甭。	甭說、甭理他了！

---

[1] 如此，則外加一撇一豎形。

用字	字義	語素：語素形（書寫符號）、語素音、語素義、構詞功用	詞性	詞用
三	數字之一。	形：三。音：ㄙㄢ。義：數字之一。以形表音、義。	獨立語素：三。	三聲、三十。
十	數字之一。	形：十。音：ㄕˊ。義：數字之一。以形表音、義。	獨立語素：十。	二十、十一。
不	否定。	形：不。音：ㄅㄨˋ。義：否定。以形表音、義。	獨立語素：不。	不錯、不好。
用	據卜兆行事。使人物發揮功能。	形：用。音：ㄩㄥˋ。義：據卜兆行事。使人物發揮功能。以形表音、義。	獨立語素：用。	好用、用人。
快	心氣暢行。	形：忄。音：ㄒㄧㄣ。義：心氣。以形表義。 形：夬。音：ㄎㄨㄞˋ。義：鉤弦射箭。以形表音、義。	獨立語素：忄、夬、快。	快慢、很快。
和	聲音相應。	形：禾。音：ㄏㄜˊ。義：稻穗。以形表音。 形：口。音：ㄎㄡˇ。義：飲食和發聲的器官。以形表義。	獨立語素：禾、口、和。	和平、和善。
信		形：亻。音：ㄖㄣˊ。義：具有高度靈性的動物。以形表義，再以義	獨立語素：亻、	信用、送信。

用字	字義	語素：語素形（書寫符號）、語素音、語素義、構詞功用	詞性	詞用
		表音。 形：言。音：一ㄢˊ。義：說話。以形表義，再以義表音。	言、信。	
們	肥滿。（作者增：人聚）	形：亻。音：ㄖㄣˊ。義：具有高度靈性的動物。以形表義。 形：門。音：ㄇㄣˊ。義：屋之扉。以形表音。	獨立語素：亻、門、們。	我們、你們。
雎ㄐㄩ（jū）	一種鳥，即王雎，也叫雎鳩。從隹，且聲。	形：隹。音：ㄓㄨㄟ（zhuī）。義：鳥。以形表義，再以義表音。 形：且。音：ㄐㄩ（jū）。義：雄性生殖器（祖先、多、農曆六月、啊、呀）。以音表義。	獨立語素：隹、且、雎。	范雎
鳩ㄐㄧㄡ(jiū)	部分鳩鴿科鳥的通稱。從鳥，九聲。	形：鳥。音：ㄋㄧㄠˇ（niǎo）。義：鳥。以形表義，再以義表音。 形：九。音：ㄐㄧㄡˇ（jiǔ）以音表義。義：動物屁股的尾根。以音表義。	獨立語素： 鳥、九、鳩。	孟德斯鳩、鳩工（召集工人）

國家圖書館出版品預行編目資料

漢字詞文化研究 / 藍世光著. -- 初版. –
臺北市：蘭臺, 2014.10 面；　公分
ISBN 978-986-6231-94-0 (平裝)
1. 漢字 2.文化研究

802.2　　　　　　　　　　　　　103019571

小學研究叢刊 2

《漢字詞文化研究》

著　　　者：藍世光

執 行 編 輯：高雅婷

執 行 美 編：林育雯

封 面 設 計：林育雯

出　版　者：蘭臺出版社

地　　　址：臺北市中正區重慶南路一段 121 號 8 樓之 14

電　　　話：(02)2331-1675　　　傳眞：(02)2382-6225

劃 撥 帳 號：18995335

E - m a i l：books5w@gmail.com

網 路 書 店：http://www.bookstv.com.tw、博客來網路書店

http://store.pchome.com.tw/yesbooks/　、華文網路書店、三民書局

總 經 銷 ：成信文化事業股份有限公司

香港總代理：香港聯合零售有限公司

地　　　址：香港新界大蒲汀麗路 36 號中華商務印刷大樓

　　　　　　C&C Building, 36, Ting Lai Road, Tai Po, New Territories

電　　　話：(852) 2150-2100　傳眞：(852) 2356-0735

總 經 銷：廈門廈門外圖集團有限公司

地　　　址：廈門市湖裡區悅華路 8 號 4 樓

電　　　話：86-592-2230177　傳眞：86-592-5365089

出 版 日 期：2014 年 10 月初版

定　　　價：680 元（平裝）

ISBN：978-986-6231-94-0